www.bbulmedia.com

BBULMEDIA

멋대로 라이프

1판 1쇄 찍음 2016년 10월 24일
1판 1쇄 펴냄 2016년 10월 31일

지은이 | 진 솔
펴낸이 | 정 필
펴낸곳 | 도서출판 **뿔미디어**

기획 · 편집 | 한관희 · 선우은지

출판등록 | 2002년 9월 11일 (제1081-1-132호)
주소 | 경기도 부천시 원미구 소향로 17번길(두성프라자) 303호 (우) 14544
전화 | 032)651-6513 / 팩스 032)651-6094
E-mail | bbulmedia@hanmail.net
홈페이지 | http://bbulmedia.com

값 8,000원

ISBN 979-11-315-7507-9 04810
ISBN 979-11-315-7296-2 04810 (세트)

※파본은 구입하신 서점에서 교환하여 드립니다.

BBULMEDIA FANTASY STORY

섀도 라이프

4

뿔미디어

Contents

Chapter 1

추락하는 것에는 날개가 없다

무언가 잘못됐다.

그것은 눈을 뜨자마자 본 하늘이 가깝다고 느낀 그 순간의 생각이었다.

'역시 그건가……?'

조금 전의 펑, 하는 소리와 함께 날아오른, 순백의 평화의 상징 하나.

알려지기로는 평화의 상징으로 알려졌으나, 널리고 널린 탓에 우리에게는 유해 조류로 더 친숙한 그것의 등장은 정말이지 예상 밖이었다.

왜 하필 그때였을까.

가장 긴장이 고조된 순간의 등장이야말로 마술 도구로서의 본연의 임무라고 생각하기라도 한 것일까.

나로선 의문이 들지 않을 수 없었다.

'역시 유해 조류야.'

비둘기를 평화의 상징으로 삼은 사람이 누구인지는 잘 모르겠지만, 그 사람 역시 도로를 날아서가 아닌 걸어서 횡단하는 비둘기들을 봤다면, 비둘기를 평화의 상징으로 삼는 데 고민을 많이 했을 것이다.

그런 의미에서 나는 고개를 돌려 내 옆에 나란히 떨어지고 있는 또 다른 유해 조류를 쳐다봤다.

"또 있나? 또 있나아~?"

"……."

펭귄이 유해 조류냐고 묻는다면 나는 '글쎄…….' 라고 대답할 테지만, 최소한 내 옆에서 애당초 붙어 있는 날개는 쓸 생각도 않고, 모자의 안쪽을 들여다보며 무언가를 기대하고 있는 이 녀석만큼은 유해 조류라고 생각한다.

휘오오오오—

파라라라락!

'바람이 차네.'

내 옷을 찢어놓을 듯 휘몰아치는 바람 속에서 낙하 예상지점을 확인한 뒤, 나는 문득 바람이 차가워 입고 있던 로브의 끈을 조였다.

로브가 몸을 단단히 감싸는 것을 느끼며, 나는 끈을 조인 손으로 이번엔 마술 모자에서 토끼를 꺼내려 하는 펭귄의 목을 조였다.

"뭐하고 있는 거야!"

"케헥! 주인, 나 죽는다!"

"그거 아니라도 이미 죽게 생겼어!"

어찌나 높은지 아직도 멀게만 보이는 지면을 가리키는 나와 내가 가리키고 있는 곳을 번갈아 보던 엠페러는 잠시 고민하는가 싶더니, 이내 진중한 목소리로 말했다.

"주인, 역소환을 요청한다."

"헛소리하지 마!"

진지한 모습으로 자기만 살겠다고 말하는 배은망덕한 소환수를 향해 소리친 나는, 엠페러를 잡고 있던 손에 힘을 주어 꾸역꾸역 떨어지고 있는 엠페러의 등 뒤에 올라타듯 안착했다.

"주인? 뭐하는 건가?"

"넌 안 죽잖아. 그 무식한 체력이면 아프기야 하겠지만 죽지는 않을 테니까……. 너, 내 방석이 돼라!"

"싫다, 주인! 그건 너무 아프다!"

"인마! 난 죽게 생겼어!"

투닥투닥!

허공에서 인간과 펭귄이 엎치락뒤치락 투닥거리는 것을 보며, 순백의 로브를 입은 엘프는 고개를 절레절레 흔들었다.

그러곤…….

펄—럭!

“벨라, 너만 살겠다는 거냐!”

“제로는 어차피 죽어도 살아나잖아!”

저런 매정한!

방패를 안고, 그 끄트머리에 자신의 로브를 낙하산 모양으로 묶어 급감속하는 벨라를 본 나는 멀어지는 벨라를 향해 소리쳤지만, 돌아온 대꾸가 가슴을 아프게 할 뿐이었다.

‘소환수에 가디언이란 것들이……!’

물론 벨라 말대로 유저인 나는 죽더라도 시간만 지나면 부활하긴 하지만, 그렇다고 죽는 게 좋을 리 없지 않은가. 게다가 소환수랑 가디언 역시 페널티와 아이템 소모를 감수하면 얼마든지 부활할 수 있다.

“어쩔 수 없지……!”

나는 엠페러의 목을 잡고 매달려 있던 상태에서 엠페러의 등에 살포시 올라탄 모습으로 자세를 바꿨다.

“오, 주인! 이제 포기한 건가? 잠시 마음의 준비를 할 요량이라면 내 기꺼이 등을 빌려주지, 명상이 다 끝나면 역소환시켜…….”

목을 틀어쥐고 있던 내가 편한 자세로 바꾼 것에 반색하던 엠페러는 신나게 말을 이어 나가다 문득, 자신의 겨드랑이와 발목에 무언가 휘감기는 것을 느끼고 눈을 동그랗게 떴다.

"주, 주인?"

"후후… 벨라 덕분에 좋은 걸 배웠어."

나에겐 벨라의 방패 같은 건 없지만, 그것의 대용으로 쓸 소환수 하나는 있었다.

순식간에 로브를 벗어 엠페러의 몸에 로브를 단단히 묶자, 곧장 강한 저항감과 함께 낙하 속도가 줄어드는 것을 느낄 수 있었다. 나는 위쪽에서 느긋하게 따라오는 벨라를 향해 외쳤다.

"하하! 나도 묵직한 방패가 있다고!"

고기 방패 말이지!

"주이이이인!"

"어허! 가만히 있어!"

나는 발버둥치는 방패의 머리를 누르며, 귓가에 대고 속삭였다.

"걱정 마! 나에게도 생각이 있으니까."

"주, 주인?"

자신감 넘치는 목소리로 엠페러를 안심시킨 나는 이내 어디 묶기가 마땅치 않아 허공에 펄럭이고 있던 로브의 후드 부분을 당겨 엠페러의 머리에 씌웠다.

"이래 봬도 방어력 2천짜리 로브라고. 쓰고 있으면 덜 아플지도 몰라."

"우으읍! 우브브브읍!"

커다란 후드가 얼굴을 뒤덮어 뭐라고 하는 건지는 알 수가 없었지만, 격하게 날뛰는 반응을 보니 분명 좋아하는 듯싶다.

나는 그런 엠페러의 기뻐하는(?) 반응에 만족해하며, 어느새 한결 가까워진 바닥을 보며 중얼거렸다.

"흠……. 이만하면 중간에 뛰어내려도 되겠는걸."

아까까지는 그저 땅으로만 보이던 지면이 지금은 새하얀 모래가 펼쳐진 백사장임을 확인한 나는 또 다른 가능성을 확인하며 눈을 빛냈다. 그리고 이 말을 들은 엠페러는…….

"우브으으읍!"

바둥바둥!

다시 한 번 온몸으로 기쁨을 표현했지만, 낙하의 영향으로 더없이 팽팽하게 펼쳐진 로브는 엠페러의 기쁨의 춤을 완벽하게 저지하고 있었다.

"후후, 너한텐 미안하지만 그렇다고 내가 로브를 잡고 뛰어내릴 수는 없잖아?"

아무리 튼튼한 몸과 강력한 힘을 가졌다고 한들, 까마득한 하늘에서부터 떨어지는 몸을 진짜 낙하산도 아닌 급조한 로브 낙하산에 의지해 내려온다는 것은 불가능하다.

설령 운 좋게 살아서 착지한다고 하더라도 어디 하나 부러져 나가거나 만신창이가 되는 것은 피할 수 없을 터. 그렇다면 어떻게 떨어져도 부러지거나 다칠 염려 없는 쪽이 방패 역할을 하는 것이 현명하지 않겠는가.

"너도 그렇게 생각하지?"

"부으으읍!! 우그으으읍!"

동의를 구하는 내 말에 후드를 뒤집어쓴 엠페러의 머리가 격하게 흔들리는 것을 보고 만족스런 미소를 지은 나는, 이내 한결 가까워진 모래사장을 보며 엠페러에게 말했다.

"자! 조금 있으면 바닥이야, 준비해!"

"후으으읍!"

한껏 앙탈을 부리던 와중에도 숨을 크게 들이쉬며 충격에 대비하는 엠페러를 보면서, 나는 조금이라도 덜 아프게 해주고자 정확한 충돌 타이밍을 계산하다가 코앞까지 다가온 바닥을 보며 외쳤다.

"…지금!"

"흡!"

파앗!

하나 어째서일까.

격렬한 충돌에 대비해 바닥에 닿기 직전 뛰어내려 구를 생각으로 엠페러의 몸을 박차고 나온 나는, 분명 뛰어내렸음에도 불구하고 천천히 활강을 하는 느낌에 가만히 발밑을 내려다 봤다.

느릿느릿— 사뿐!

"……."

바닥으로부터 약 30센티미터의 허공, 그곳에서 나는 내 몸을 안전하게 잡아주는 마법의 힘을 느끼며 슬쩍 인상을 굳혔다가, 이내 엠페러 쪽으로 시선을 향했다.

느릿느릿… 철퍼덕!

"……."

"……."

나는 바닥에 대자로 엎드린 펭귄과 그 위로 사뿐히 내려앉는 로브를 보며 잠시 생각에 잠겼다.

그리고…….

"주… 인……!"

우리가 착지한 모래사장 한복판, 널찍하게 너부러져 있던 검정색의 로브가 꿈틀거리며 세상과 소통하는 작은 틈새를 만들어냈다. 그러고는 그 작은 틈새 사이로 날카로운 부리와 함께, 지옥의 밑바닥에서부터 기어 올라온 악마의 음성 같은 칙칙하고 어두침침한 목소리가 흘러나왔다.

마음을 온통 짓누르는 그 무거운 목소리에 침을 꿀꺽 삼킨 내가 마침내 틈새로 모습을 드러내는 소름 끼치는 안면에 굳어 있던 입을 열었다.

“역소환.”

파아앗—!

환한 빛무리와 함께 작은 입자가 되어 사라지는 악마… 아니, 엠페러를 보며 그제야 나는 안도의 한숨을 내쉴 수 있었다.

“휴우… 나중의 일이 두렵긴 하지만…….”

그래도 일단 당장 살아야 하지 않겠는가.

현명한 선택에 만족하며, 작게 고개를 끄덕인 나는 뒤이어 사뿐히 모래사장에 내려앉은 벨라를 쳐다봤다.

“아, 깜빡하고 있었는데, 원래 텔레포트 마법은 안전을 위해 피시전자를 돕는 부유 마법이 걸려 있다고 전사장님이 저번에 가르쳐 주셨어. 어때, 괜찮았어?”

“괜찮았냐고……?”

그걸 왜 이제야 말해주느냐고 윽박지르는 일은 없었다. 이미 일은 벌어진데다 이렇게 된 이상 유사시 벨라의 등 뒤에라도 숨어야 할 테니, 그때를 위해서라도 심기를 거스르는 일은 없어야 했다. 나는 슬쩍 바닥에 널브러진 로브를 한차례 쳐다보다가 이내 고개를 끄덕였다.

“응, 별일 없었어.”

“휴, 다행이다. 하긴, 만약의 경우라도 엘프 비전을 발동하면 몸이 튼튼해지고 가벼워지니까 마법이 아니더라도 죽지는 않았을 테지만…….”

"……."

그런 방법이 있었군.

잠시 침묵이 감돌고, 나는 말없이 바닥에 너부러진 로브의 모래를 털어 입었다.

"아, 그러고 보니 펭……."

"자, 그럼 가볼까?"

벨라의 입에서 엠페러에 대한 얘기가 나오려는 순간, 나는 재빨리 말을 끊었다.

그러고는 목적지도 모른 채 우리가 있던 모래사장을 가로질러 가기 시작했다.

"어어? 제로, 같이 가!"

가디언인 그녀는 나와 멀어질 수 없었기에, 결국 엠페러에 대한 의문을 뒤로한 벨라가 내 뒤를 따라왔다. 그렇게 나는 사건현장을 유유히 빠져나갈 수 있었다.

'엠페러… 기억하마!'

피칭—!

흘러가는 구름 사이로 엠페러의 얼굴이 언뜻 나타났다 사라졌다.

"그나저나 여기는 어디지?"

"에엑? 알고서 온 거 아니었어?"

한 펭귄의 처절한 분노가 남겨진 사건 현장을 뒤로한 채 걸은 지 십 분여… 내 입에서 튀어나온 말에 벨라가 경악했다.

"아니, 나라고 알 수가 있나? 처음 길드에선 퀘스트와 관련 있는 곳으로 보내준다고만 했었다고. 게다가 마지막엔 뭔가 잘못된 것 같기도 했고."

나는 마지막 순간 날아오른 비둘기의 모습을 여전히 잊지 못했다.

"…그렇긴 한데."

마법이 발동하기 직전 마찬가지로 비둘기를 보았던 탓인지, 벨라는 내 말에 동의를 표했다. 하지만 동시에 어딘가 꺼림칙한 표정이었다.

"분명… 우리가 가는 곳은 해변 아니었어?"

"응? 그렇지. 그것도 파라다이스라고 불릴 만큼 멋지고 아름다운 해변이지."

"…그런데 여기가 바다야?"

"…그건 아니지."

나는 바닥을 가득 메운 새하얀 모래들과 끝없이 펼쳐진 모래사장, 그리고 쨍쨍 내리쬐는 햇빛을 보면서 눈살을 찌푸렸다.

'이상하군. 분명 모래를 보면 바닷가 근처인건 맞는 것 같은

데…….'

사막과 다를 바 없어 보이는 끝없는 모래였지만, 군데군데 박혀 있는 조개나 소라 따위의 껍데기나 사막의 모래와는 확연히 다른 거친 감촉은 분명 이곳이 바다와 가까운 곳임을 알려주고 있었다.

하지만.

'분명 하늘에서 떨어지고 있을 때도 바다는 전혀 안 보였단 말이지.'

그토록 높은 곳에서도 바다는커녕 호수, 작은 연못조차 볼 수가 없었던 것을 생각하면, 최소한 시야 내에서는 바다를 찾을 수 없음이 분명했다.

"설마 바다가 말라 버렸을 리도 없고… 정말 말라 버렸다고 해도 이렇게 모래만 있는 것도 이상하단 말이지."

바다가 마르는 것은 당연히 불가능하거니와, 정말 만약에라도 바다가 말랐다면 시야에 보이는 것이 이런 황무지, 사막을 떠올리게 하는 고저 없는 모래사장뿐인 것은 말도 안 된다.

'바다가 말라버린 것이라면 최소한 물이 흘렀던 흔적이라도 있어야 할 테니까. 그런데 여긴 그런 흔적조차 없어.'

이상한 것은 한두 개가 아니었다.

물 한 방울 없는 곳에 바다를 상징하는 해변의 모래가 있는 것도 이상하지만, 정말 망망대해라도 되는 듯 모래 말고는 아무것도 보이지 않는다는 점. 그리고 결정적으로…….

"…더워."

"응? 아, 그러네. 꽤 덥다, 여기."

나는 후드 사이로 쨍쨍한 해를 노려보며 말했고, 내 말을 들은 벨라가 문득 깨달았다는 듯 로브를 펄럭이며 바람을 일으켰다.

"그래. 더워도 너무 덥단 말이지……."

이렇게 햇빛이 쨍쨍 내리쬐는데 더운 것은 당연지사. 하지만 한편으로 그것은 있어서는 안 되는 일이기도 하다.

'나는 지금 불새의 축복으로 더위를 느끼지 못하는 상태… 정상적인 자연 기후 변화에 의한 더위라면 내가 더울 이유가 없어. 그렇다는 건 역시…….'

불새의 축복의 효과는 자연이 주는 추위나 더위로부터 몸을 지켜주며, 몸의 체온을 유지시키는 특수한 능력이었다. 그런 내가 햇빛으로 인해 더위를 느끼고 있다는 것은 지금 내리쬐는 저 태양이 자연현상이 아니라는 의미와 일맥상통했다.

"하지만 무슨 수로?"

이 상황이 범상치 않다는 걸 눈치채는 건 어렵지 않았다.

그러나 애당초 이곳에 왜 이런 일이 벌어지고 있는지를 알 수 없는 데다가, 결정적으로 저렇게 하늘 높은 곳에서 언제나와 다를 바 없이 빛을 발하고 있는 태양이 자연적이지 못하다는 것이

선뜻 이해가 가지 않았다.

"저기, 제로. 배고프지 않아? 우리 가져온 것 중에 먹을 거 있지 않았어?"

이런 혼란스러운 내 상황은 전혀 알지 못하는 듯, 내 팔을 잡고 벨라가 칭얼거렸다. 나는 생각을 흐트러뜨리지 않고자 일부러 못 들은 척 무시했다.

이런 내 기색을 느낀 것인지, 한 번 인상을 찌푸린 벨라가 이번엔 빼액, 고함을 질렀다.

"우리! 저녁! 먹.자.고!"

"으아아악!"

어디서 목에 좋다는 몬스터라도 한 마리 고아 먹기라도 한 것일까. 귓전을 강타하는 벨라의 드문 하이 톤 목소리에 비명을 지른 나는, 내 반응을 보며 킥킥거리는 벨라를 향해 화를 내려다 문득 떠오르는 것이 있어 눈을 크게 떴다.

"잠깐……. 저녁? 저녁이라고?"

"그래, 우리 아직 저녁 안 먹었잖아! 가장 마지막에 먹은 게 아까 공동묘지에서 얻어먹었던 게 다라고."

"그래, 분명 저녁이었지……."

우리가 아르덴과 엘로아와 만났던 것은 이곳 게임 시간을 기준으로 한창 낮 시간이다. 비록 공동묘지라는 필드가 가진 힘 때문인지, 그 당시에는 온통 어두워 밤과 같은 분위기였지만,

시간을 따져본다면 분명 그랬다.

뿐만 아니라 사냥을 마치고 나왔을 때는 이른 저녁 시간으로, 아르덴 남매와 성에 도착했을 무렵엔 노을이 지고 있었다.

마지막으로 우리가 텔레포트를 하기 전, 분명 하늘은 어두워져 있었다.

'케이안 성과 이곳이 대륙의 각각 끝에 위치한다고는 하지만, 저녁과 낮이 바뀔 만큼 큰 시차가 존재한다는 것은 불가능하다.'

리버스 라이프의 대륙은 분명 가상의 행성 위에 존재하여, 대륙을 가로지르면 다시 출발점으로 돌아오는 형상을 하고 있다. 하지만 게임 이용의 편의성을 위해 시간은 대륙 어디에서나 같은 것으로 설정되어 있었다.

이는 게임이기에 가능한 특별한 일로, 이 기능이 있기에 세계인 모두가 즐기는 리버스 라이프에서는 유저 간의 시차의 차이로 인해 곤란을 겪는 경우가 없었다.

그렇기에 대륙 어디를 가나 점심시간이 되면 모두에게도 점심시간이었고, 모두가 잠드는 시간도 똑같았다.

그리고 우리가 출발을 한 시간이 바로 모두가 잠드는 그 시간이었다.

"여기는… 필드군."

이제야 이곳의 정체를 알 수 있었다.

모든 시간이 공통으로 흐르는 리버스 라이프의 세계 속의 예외들.

바로 특수 필드와 던전이다.

특수 필드라 함은 몇 시간 전 우리가 갔던 케이안 외곽의 공동묘지나, 방위에 따라 환경이 달라지는 케이안 숲을 예로 들 수 있다. 던전은 실내에 위치하는 특성상 기후나 환경 자체가 변하지는 않지만, 그와 같은 효과를 주는 마법 등이 펼쳐져 있는 곳이다.

지금 한밤을 밝게 비추고 있는 저 태양은 분명 이곳 필드의 효과임에 틀림없었다.

"그럼 여긴 역시 파라다이스 해변은 아닌 건가."

역시나 텔레포트 당시 문제가 있어 엉뚱한 곳으로 떨어진 듯싶었다. 기대가 컸던 만큼 원인이 된 엠페러의 머리를 쥐어박고 싶어졌지만, 지금 엠페러를 소환했다가는 뒷감당이 어려울 테니 참기로 했다.

"그럼 여긴 정확히 어딘 거지……?"

스스로에게 질문을 해봤지만, 알 수 있는 것은 전혀 없었다. 보이는 것이라곤 온통 모래뿐. 어떤 특징을 갖는 지형은커녕, 아예 모래 말곤 보이는 게 없었다. 리버스 라이프의 지리에 대해 아는 바도 거의 없지만, 최소한의 특징조차 없으니 답답할 수밖에 없었다.

물론 필드의 특성상 어디로든 한 방향으로 걷기만 한다면야 언젠가 필드를 벗어나는 게 가능할 테지만, 그렇게 무작정 여행하기엔 시간이 모자랐다.

아니, 정확히는 가진 게 모자랐다.

'피서 가는 기분으로 여행 용품을 챙겼으니… 식량이든 뭐든, 아무리 오래 버텨도 며칠 못 버틸 거란 말이지.'

특히나 오늘 게임 접속 중에 이 필드를 벗어나지 못할 경우, 내가 다시 접속할 때까지 게임 시간으로 며칠이나 남아서 대기해야 하는 벨라나 엠페러에겐 큰 곤욕일 터였다.

"그래도 일단은 움직여야겠지."

나는 뒤에서 연신 밥을 외치는 벨라에게 오기 전 챙겨온 건량을 던져주며 앞으로 걸음을 옮겨 나갔다. 어쨌든 간에 이곳을 벗어나기 위해서는 걷는 것밖에는 답이 없었으니 말이다.

푸욱— 푸욱—

걸을 때마다 깊은 족적을 남기는 모래사장을 걷길 한 시간여, 나와 벨라는 가도 가도 모래뿐인 이곳에 짜증마저 치미는 것을 느꼈다.

'무슨 필드가 몬스터는커녕 지형지물조차 없는 거야, 대체!'

무엇을 목적으로 하는 필드인지는 몰라도, 이 수상하기 짝이 없는 곳에는 몬스터는커녕 살아 있는 것이라곤 개미 새끼 한 마리조차 없었다.

심지어 잠시 쉬어갈 그늘이 될 만한 것조차 없어, 나와 벨라는 뜨거운 햇빛 아래에서 한 시간 내내 걷고만 있었다.

"제로오~ 어디까지 가는 거야~"

"…조금만 더 가 보자."

뒤에서 연신 칭얼거리며 따라오는 벨라의 목소리에는 피곤이 가득했다. 물론 300레벨대의 스탯이 있는 만큼 체력적으로 지친 것은 아니겠지만, 한 시간 이상 반복되는 풍경은 체력과 관계없이 보는 사람을 지치게 하는 힘이 있었다.

그렇지만 이제 와 포기할 수도 없는 노릇이고, 포기한다고 별반 달라질 것도 없다. 나는 벨라를 다독여 걸음을 옮겨 나갔다.

그렇게 또다시 십 분여가 지났을 무렵, 마침내 우리의 시야에 새로운 것이 눈에 들어오기 시작했다.

"…저건?"

모래 한가운데 상체만 드러내고 있는 비쩍 마른 사람의 형상이 나와 벨라의 눈에 들어왔다. 모래 위에 튀어나온 그것은 지극히 기괴한 모습이었지만, 그것이 무엇이든 간에 이곳에 도착해 처음 보는 사물이기에 우리는 발걸음에 힘을 더했다.

"…이건."

"으으, 징그러워."

모래 한가운데 상체만을 드러낸 채 바싹 말라 있는 그것은 사람의 시체였다.

골격 위에 가죽만 덧씌워 놓은 듯, 마치 모든 것을 체념한 것처럼 축 늘어진 자세로 말라 있는 그 모습에서 나는 섬뜩함을 느꼈다.

그러나 어쨌거나 처음으로 발견한 이 필드에 관한 단서였기에, 걸음을 물리는 벨라를 뒤로하고 시체에 다가섰다.

'아무 의미 없는 보통의 시체라면 시간이 지나 자동으로 사라졌을 터. 말라붙은 모습으로 남아 있다는 것만 해도 무언가 있다는 의미겠지.'

보통의 유저나 몬스터, NPC의 시체는 게임 시스템에 의해 자동으로 소멸되고, 경우에 따라 전리품 등만 자리에 남게 된다.

하지만 지금처럼 시체가 남아 있는 경우도 종종 있는데, 이는 그 시체에 또 다른 이용 가치가 있거나 특수한 목적이 있는 경우, 혹은 연출을 위해서 사용되는 경우였다.

이곳 모래사막에서 한 시간 만에 발견한 이것은 연출보다도 어떠한 의미가 있는 쪽일 가능성이 컸다.

"그러고 보니 사람이랑은 골격이 조금 다른 것 같기도 한데……."

바싹 마른 머리는 얼굴 형상의 가죽만이 남아 있을 뿐이었다. 때문에 정확히 구분하기는 힘들지만, 분명 상체의 골격은 사람의 모습인데 유달리 머리 부분의 형태가 사람과는 미묘하게 다른 형태를 띠고 있었다.

'역시 시체가 단서이려나?'

꺼림칙하긴 했지만 이 시체에 무언가 있음을 깨달은 나는 조심스럽게 시체의 얼굴 쪽을 향해 손을 가져갔다.

"아앗, 제로! 에비! 지지야, 지지!"

"쉿! 가만히 있어 봐!"

내 행동을 보고 저 멀리 떨어져 있던 벨라가 기겁하며 손을 내저었지만, 나 역시 마찬가지로 벨라를 향해 손을 휘젓는 것으로 대답을 대신했다.

파르르…….

떨리는 손이 천천히 시체의 얼굴을 향했고, 마침내 내 손이 까칠한 얼굴에 닿았다.

그 순간.

덥석!

크와아악!

"우와와악!!"

"꺄아아악!!"

마치 내 손이 시체를 깨우는 열쇠라도 된 듯, 손이 닿음과 동시에 괴성을 지르며 움직이기 시작한 그것은 근육조차 말라 버린 모습이라곤 생각지도 못할 속도로 손을 뻗어 내 몸을 끌어당졌다. 덕분에 뜻밖의 포옹을 하게 된 나는 그 끔찍한 감촉에 진저리를 치며 몸을 흔들었다.

"으아아악! 이거 놔아! 으아아아!"

그야말로 젖 먹던 힘까지 다해 나를 끌어안고 있는 시체의 팔에서 벗어나고자 발버둥을 쳤지만, 그럴수록 시체는 바싹 마른 팔에 근원을 알 수 없는 힘을 더하며 내 몸을 더 옥죄어 왔다.

"벨라! 으아아악! 어떻게 좀 해봐!"

"끼야아악! 징그러! 징그럽다고오오오!"

당당한 엘프족의 전사인 벨라는 묘지 때 그랬던 것처럼 시체 같은 것에 약한지, 사색을 하곤 어느새 뒤로 성큼 물러나 있었다.

그러나 내 명령에 반응하는 듯, 파랗게 질린 얼굴로 다시 한 걸음 성큼 다가왔다.

"벨라!"

"으으으으!! 저리 가아아앗!"

부우웅— 부웅!

나를 돕겠다는 것인지, 나와 함께 모든 걸 날려 버리겠다는 것인지… 벨라가 눈을 질끈 감고 방패를 휘두르자, 풍압으로 돌풍이 이는 것을 느끼며 나는 필사적으로 외쳤다.

"벨라! 나 죽어! 나 죽는다고오오오!"

"끼야아아악! 끼약! 꺄아아악!"

부와아앙! 부우우우왕!

내 외침의 의미를 잘못 알아들은 것일까, 벨라는 보다 높은 음역대의 비명과 함께 더욱 세차게 방패를 휘둘렀다.

나는 뒷덜미를 스치고 가는 살기 어린 방패 모서리를 느끼며 살고자 발버둥을 쳤다.

"으아아악! 으아아가가각!"

"끼야아악! 꺄아아악!"

그렇게 한 인간과 한 엘프의 괴성이 울려 퍼지길 잠시, 나의 살고자 하는 필사적인 발버둥이 마침내 기적을 이루어냈다.

퍼걱!

쿠어… 어억!

레벨 322의 엘프 전사, 실드 메이든이 휘두른 방패는 이런 비쩍 마른 시체가 버텨낼 수 있는 성질의 것이 아니었다.

운 나쁘게도 정확하게 방패 모서리에 허리 부근을 강타당한 시체는 고통에 찬 괴성과 함께 나를 굳건히 잡고 있던 팔에서 힘을 풀었고, 나는 재빨리 그 품에서 벗어나며 벨라를 향해 외쳤다.

"죽을 뻔했잖아!"

"…응?"

방패에 걸려든 감촉에 빠끔 눈을 뜨고 상황을 살피던 벨라는 무슨 말인지 모르겠다는 듯 나를 향해 고개를 갸우뚱거렸다. 그

태평한 반응에 나는 한숨을 쉬며 시체의 팔이 닿는 범위에서 벗어났다.

"몸 절반이 바닥에 박혀 있으니, 이동이나 이 이상의 공격은 불가능한 건가?"

나는 방패에 강타당한 충격이 컸는지 바닥에 몸을 뉘인 상태로 내가 있는 방향으로 팔을 휘적거리는 시체의 모습을 보며 눈살을 찌푸렸다.

그때, 발밑에서 뭔가 알 수 없는 흔들림이 느껴졌다.

드드드드…….

"응? 지진?"

"으앙!! 이번엔 또 뭐야!"

잘게 떨리는 수준의 진동이지만, 주변이 모래로 가득한 탓에 작은 모래 알갱이들이 저마다 움직이며 기묘한 분위기를 자아냈다.

"뭔가… 큰 게 올 거 같은 느낌인걸?"

"으으, 이젠 싫어……."

연속으로 싫어하는 언데드를 상대한 후유증인지, 벨라는 심상치 않은 주변의 변화에 유달리 질색했다. 가장 강력한 전력이 제 실력을 발휘하지 못하는 이 상황에서의 싸움에 대해 계산하며, 나는 이번에야말로 엠페러를 불러낼 준비를 했다.

'설마 위급 상황에서도 날뛰겠어?'

물론 엠페러가 날뛰어준다면 그건 그거대로 도움이 될 것 같다. 그래도 그 대상이 내가 되는 것은 사양하고 싶었다.

그러고는 잠시 뒤.

"……?"

"…응?"

진동이 멎었다.

잔잔히, 그리고 오래도록 이어지던 진동은 마치 아주 멀리 떨어진 곳으로부터의 지진이던 양 아무런 영향 없이 멎어버렸다. 위험에 대비하던 나와 그 커다란 방패로 내 퇴로를 차단하고 등 뒤에 숨어 있던 벨라는 의문으로 고개를 갸웃거렸다.

"그러고 보니… 저것도 안 움직이네?"

땅의 진동에 정신이 팔려 미처 신경 쓰고 있지 못했던 시체 역시, 어느새 팔을 허우적대던 것을 멈추고 진짜 시체가 된 듯 바닥에 축 늘어진 모습이었다.

"흐음, 이번엔 진짜 죽은 걸까? 시체가 사라지지 않는 걸로 봐선……."

저벅.

꿀렁—

그렇게 내가 더 이상 움직이지 않는 시체를 향해 한 발을 내딛는 순간, 우리 밑의 바닥이 한차례 크게 움직였다. 그러더니 발밑에서부터 시작된 거대한 모래의 분수가 우리를 덮쳤다.

쿠콰과과광!

"끼야악!"

"젠장! 이럴 줄 알았어!"

솟구치는 모래 틈바구니에서 우리 주변을 타원형으로 감싸며 나타난 날카로운 이빨과 정확히 그 가운데에 위치해 있는 새카만 시체를 보면서 나는 문득 한 동물을 떠올렸다.

"아귀……!"

바닷속 밑바닥에 몸을 숨기고, 기다란 돌기로 먹이를 유인해 한입에 꿀꺽 집어 삼키는 탐욕과 죄악의 상징. 비록 함정의 형태는 조금 다르지만, 주변에서 솟구쳐 오르며 우리를 단숨에 집어삼키려는 저 거대한 입을 보면 분명 아귀를 모티브로 한 몬스터임이 틀림없었다.

"젠장, 빠져나가긴 너무 늦은 것 같은데. 이대로 먹히면 어떻게 되는 거지?"

입이 워낙 거대한 탓에 날카로운 이빨은 입 가운데에서 벗어나지만 않는다면 물리지 않을 자신이 있었다. 하지만 단숨에 집한 채 높이만큼 솟구쳐 오른 아귀의 입은 도저히 피할 수 있는 것이 아니었다.

'이대로 배 속으로 들어간다면야 당연히 죽겠지만… 입안의 공간을 생각하면 잘하면 살아남을 수도…….'

내가 그렇게 생존에 대해 고민하는 사이, 벨라가 나에게 물었다.

"아귀? 듣기엔 귀신 이름 같은데, 그게 뭐야?"

"같은 이름의 귀신이 있긴 하지만… 그보다 이건 동명의 물고기야. 탐욕의 상징이지."

"물고기? 그럼 이거 물고기야?"

"그래, 저 날카로운 이빨을 보면 알겠지만 아무리 방패가 있더라도……."

투콰아앙!

키에에에엑―!

"……."

"뭐야! 살아 있는 거잖아? 아, 괜히 쫄았네."

어느새 우리로부터 가장 가까이에 있는 입가로 달려가 잇몸 부근을 방패로 후려친 벨라는 대지를 떨며 울리는 고통스러운 신음 소리에 만족해하며 씨익 웃었다.

"난 또 죽은 건줄 알았잖아!"

쾅! 콰쾅! 투콰아앙!

끼에엑! 키에에에에엑!

방패가 휘둘러질 때마다 그 고통이 생생히 전해지는 아귀의 비명 소리에 보고 있는 나조차도 온몸이 서늘해지려는 찰나, 우리를 감싸던 아귀의 입은 다시 벌어지며 모래 속으로 숨어들기 시작했다.

하지만…….

"어딜! 기가 실드… 크러쉬!"

뿌콰과과과곽!

벨라와 함께한 이래 처음으로 등장한 벨라의 스킬이 숨어드는 아귀의 이빨에 작렬했다.

그러자 여러 개의 부러지고 뽑힌 이빨들이 허공으로 비산했다. 생니가 부러져 나가는 고통에 울부짖는 아귀의 구슬픈 울음소리가 주변을 떨어 울렸다.

키에… 키에에에에에엥!

그야말로 울고 있다고 밖에는 표현할 길이 없는 괴성에 듣고 있는 내가 절로 숙연해졌지만, 벨라는 그만둘 생각이 전혀 없는 듯싶다.

"벌써 엄살 부리면 어떡해? 아직 시작도 안 했는데!"

키기기기이이이잉!

언데드에게 쫄아 부끄러운 모습을 보인 것이 그토록 사무칠 원한이었던 걸까. 치과 의자에 누워 눈을 감고 있을 때 입 안쪽에서 들을 수 있는 그 무시무시한 소리와 비슷한 것이 벨라의 방패에서 천천히 퍼져 나가기 시작하더니, 이내 벨라가 무면허 치과 집도를 시작했다.

"크러쉬! 크러쉬! 크러쉬!"

투광! 투콰과광!

빼애애애애액!

이젠 완전히 울음소리로밖에는 들리지 않는 괴물의 비명 소리와, 무면허 치과 의사의 마취도 없는 시술 속에 비산하는 다양한 길이의 이빨들을 보며, 나는 조용히 자리에서 물러나 애도를 표했다.

'내세에는 게임 속의 데이터 쪼가리가 아니라 사람으로 태어나거라…….'

뭐 사람으로 태어난다고 한들 꼭 좋으리란 보장은 없지만, 그래도 사람으로 태어나면 마취 주사 정도는 맞을 수 있을 테니 지금보다야 나으리라.

나는 그렇게 조용히 고개를 주억거리며… 아귀와 벨라만의 시간을 위해 자리를 비켜줬다.

"후, 시원하다!"

"…아무리 봐도 더울 거 같은데."

"뭐?"

"아닙니다……."

온통 아귀의 피로 칠갑을 하고, 이마에 흐른 땀을 새빨갛게 물든 소매로 문지르는 벨라를 보며 나는 대꾸할 생각일랑 접고 조용히 시선을 돌렸다.

"그나저나 아이템은… 안 나왔군."

케이안 숲에서 봤던 금모원왕과 지하악왕이 떠오를 만큼 거대한 크기의 괴수 몬스터였지만, 아쉽게도 건진 것은 별로 없었다.

리버스 라이프의 시스템상 NPC가 사냥한 몬스터로부터는 일반적인 전리품을 획득할 수 없었다. 이는 가디언이라고 한들 다르지 않기에, 얻은 것이라곤 치열한 수술 도중 우연히 내 앞으로 튀어온 날카로운 이빨 조각들이 다였다.

'별거 아니긴 하지만, 그래도 저런 괴물한테서 나왔으니 어딘가 쓸모가 있을지도 모르지.'

나는 인벤토리에 넣을 수 없는 아귀의 이빨 조각을 헝겊에 싸서 조심스레 품 안에 집어넣었다.

그리고 슬쩍 금빛 엄니를 꺼내, 죽은 지 오랜 시간이 지났음에도 여전히 사라질 생각을 하지 않는 아귀의 시체를 향해 다가갔다.

"여기 어딘가 힌트가 있을 테지."

물론 아귀의 배 속이라든지 살펴볼 곳은 많지만, 그래도 역시 가장 눈에 띄었던 만큼 무언가 감춰진 게 있으리라 생각되었다.

사실 외모부터도 수상하고 말이다.

사각사각!

원뿔형의 송곳니 모양을 가진 금빛 엄니는 몬스터를 해체하는 데는 부적합했지만, 끝부분이 워낙 날카로운 탓에 의외로 아귀의 질긴 가죽을 손쉽게 해체하고 들어갈 수 있었다.

"으음… 이쯤이려나."

아귀의 커다란 시체, 그중에서도 입 안쪽에 깔려 있을 미끼를 찾아 들어가는 과정은 생각보다 힘들었다.

그래봐야 생선 대가리를 가르고 들어가는 게 힘들어봐야 얼마나 힘들겠냐고 생각할 수도 있겠지만, 입을 벌리면 그 직경이 운동장을 떠올리게 할 만큼 거대한 입을 가진 녀석이다.

그런 녀석의 시체를 가르고 안쪽을 뒤져야 하는 것이니, 단순히 가죽을 잘라냈다고 해결될 문제가 아니었다.

'그나마 나타난 몬스터가 생선이라 다행이지, 인간형 몬스터였다면 이렇게도 못했겠지.'

본래 의도대로라면 유저가 몬스터를 잡고, 자동으로 전리품 중에 힌트가 포함된 것이 나오는 방식이었을 테니 이런 과정이 필요 없었을 것이지만.

어쩌겠는가, 이 일행 중 유저인 내가 가장 약한 것을. 가디언 덕에 몬스터를 잡는 수고를 덜었으니 그만큼 일하는 수밖에 없다.

물론 엠페러나 벨라가 도와준다면 좋겠지만, 엠페러야 말할 것도 없고, 벨라는…….

"무슨 소릴 하는 거야? 시체를 헤집다니, 난 엘프라고."

…라는 말과 함께 저 멀리서 내가 하는 모습을 보며 응원하고 있었다.

"파이팅!"

그렇게 얼마나 더 아귀를 헤집고 다녔을까.

"찾았다!"

벨라처럼 피 칠갑을 한 뒤에야, 우리가 처음 발견했던 바싹 마른 시체를 찾을 수 있었다. 나는 이번에야말로 힌트를 찾고자 조심스럽게 엎어져 있는 시체에 다가가 금빛 엄니로 쿡, 시체를 찔러봤다.

푹!

"응? 어쩐지 조금 통통해진 거 같은데?"

바싹 말랐던 시체가 아귀의 피를 머금고 조금 붇기라도 한 것일까? 맨 처음 시체에게 안겼을 때 느낀 게 거칠거칠한 느낌이었다면, 어쩐지 지금의 감촉은 보통의 살을 뚫고 들어가는 느낌이었다. 단단하리라 예상하고 잔뜩 힘을 준 것이 민망할 만큼.

'흠… 원래 이런 건가? 금빛 엄니가 워낙 날카로우니 그냥 파고드는 걸지도 모르고.'

살이 있는 무언가를 이렇게 단검으로 찔러본 것 자체가 처음이니, 그 감촉이 어떻다고 판별하긴 힘들었다.

하지만 그렇다고 해서 시체가 불었다는 생각이 달라진 것은 아니었다. 아귀의 밑에서 발견한 시체는 여전히 까맣고 말라 보였지만, 아까와는 분명 다른 분위기를 풍기고 있었다.

그때, 시체로부터 작은 움직임이 일었다.

꿈틀—!

"으아아악! 또 움직이잖아!"

"꺄아아악!"

넌 언제 와서 구경하고 있었냐!

등 뒤에서 들려오는 비명 소리가 기폭제라도 된 것일까. 바닥에 엎드려 꿈틀거리던 시체는 어느새 구부러진 상체를 들어 올리고, 자신의 허리를 감싸고 있는 아귀의 촉수 같은 것을 잡아당기며 하반신을 길게 늘리고 있었다.

"끼야아아아아악!"

"으으윽!"

그 기괴하고도 그로테스크한 모습에 내가 금빛 엄니로 위협을 하며 물러나는 동안, 벨라는 다시금 잡아든 방패를 크게 휘두르며 어느새 비늘이 가득 덮인 하반신을 드러낸 시체를 향해 달려 나갔다.

'저거 언데드 무서워하는 거 맞지?'

어쩐지 언데드만 보면 죽이고 싶어 안달이 난 것처럼 보인다는 실없는 생각을 하며 다시 울려 퍼질 방패의 격타음을 기다리며 숨죽이는 찰나, 시체가 덜컥 입을 열었다.

"잠깐! 잠깐! 잠까아아안!"

푸화화확!

방패는 허공중에 멈춰서며 강렬한 풍압을 만들어 냈고, 맨들맨들한 대머리 시체의 얼굴 바로 앞에서 간신히 멈춰섰다.

그 강렬한 풍압에 얼굴을 덮은 까만 껍데기 일부가 벗겨져 나가며, 창백한 피부가 드러난 시체가 다급히 말했다.

"진정해! 그걸 또 맞으면 이번에야말로 진짜 죽는다고! 머리에 맞아서 죽는 게 아니라 그냥 맞기만 하면 죽을 거라고!"

속사포로 말을 쏟아내며 자신의 상태가 위험함을 열심히 피력하는 시체를 보며 나는 심각한 표정으로 중얼거렸다.

"꽤 말을 유창하게 하는 언데드로군……."

"언데드? 주거어어어엇!"

"으아아악! 잠까아안! 언데드가 아니야! 아직 살아 있다고! 설령 언데드라도 말을 이렇게 잘하면 대화는 해봐야 하는 거 아니냐!"

나름 설득력이 있었던 걸까. 어쩐지 '끼익' 하는 효과음이 들릴 법한 모습으로 간신히 방패에 급제동을 가하는 벨라와, 가드를 올리고 눈을 질끈 감은 시체였다. 그 모습을 본 나는 조용히 말했다.

"그래, 마지막으로 하고 싶은 말은?"

"아니, 방패! 이 방패 좀 치우고… 아니, 마지막이라니!"

편히 성불할 수 있도록 마지막 유언을 들어줄 생각이었는데.

시체는 그 잠깐 사이에 힘차게 허리를 움직여 아귀의 촉수로부터 물고기처럼 생긴 하반신을 쑥 뽑아내고, 급하게 자기소개를 했다.

"나는 이곳 펠라로 웍스 해변의 당당한 머맨 전사, 굴라쿠다! 엘프 전사인 그대는 그만 공격을 멈추고……."

"그러니까 머맨 전사 언데드라는 건가?"

"주거어어엇!"

"으아아악!! 잠까아안!"

다급히 손을 내젓는 굴라쿠의 머리 한 치 위에서 다시금 방패가 급정지했다. 대번에 굴라쿠가 눈을 깔았다.

"제 이름은 굴라쿠구요, 요기 펠라로 웍스 해변을 담당하는 머맨 나부랭이입니다. 물론 저 같은 게 무슨 도움이 되겠냐 싶겠지만, 그래도 이곳에서 벌어진 일을 처음부터 끝까지 전부 보았던 저라면, 아무래도 여러분께서 발품을 팔아 정보를 얻는 것보다 훨씬 수월하지 않겠습니까? 그러니까 제발 이 방패 좀 치워주십쇼, 예?"

혹여나 방패가 다시 움직일세라, 자신을 향해 겨눠진 방패 모서리를 잡고 애걸복걸하는 굴라쿠의 모습에 내가 고개를 끄덕이자, 그제야 벨라의 방패가 벨라쿠의 머리 위를 떠났다.

스윽―

마침내 자신의 머리 위에 드리워진 방패 그림자가 사라짐을 느낀 굴라쿠가 안도의 한숨을 내쉬는 것을 보며, 나는 고개를 까딱였다.

"자, 그럼 이제 설명해 봐."

"예, 예……. 그러니까 이 상황이 어떻게 된 것이냐 하면 말입죠……."

상황 자체가 어쩐지 억울한 느낌이 든 굴라쿠였지만, 깊은 생각을 하기엔 엘프 전사의 방패가 너무 가까웠다.

"이곳 펠라로 윅스 해변은 고래로부터 뛰어난 풍광, 그리고 풍부한 해양 자원으로 모든 종족에게 최고의 휴양지로 손꼽히는 지역입니다. 이곳에 터를 잡고 있는 인간족 왕국과 각 종족간의 협약에 따라, 순차적으로 돌아가며 해변을 관리하도록 되어 있었습니다."

'흠, 이곳이 해변은 맞는가 보군.'

이제야말로 내가 도착한 곳이 본래 목적하던 곳임을 알 수 있었다.

물론 바닷가 특유의 모래를 보았을 때 어느 정도 직감한 부분도 있었지만, 확신을 하기엔 조금 모자란 감이 있었는데, 이제 확실해졌다.

'펠라로 윅스 해변이라…….'

〔몬스터 처치 — 특수 지정 의뢰〕

시간 : ??
보상 : 용병 길드 명성치 증가, 처치 몬스터당 추가 경험치 및 골드 획득
성공 조건 : 펠라로 웍스 지역의 몬스터 50마리 처치
실패 조건 : 퀘스트 포기
실패 페널티 : 용병 길드 명성치 감소, 케이안 용병 길드 평판 하락
진행 상태 : 1/50

상세 내용이라고는 지역 이름밖엔 없는 간단한 퀘스트 내용에 여러모로 걱정이 많았건만, 그래도 위치는 제대로 왔다고 하니 이제 해야 할 것은 몬스터 처치뿐이다.

하지만 단순한 몬스터 처치였다면 대륙 정반대편까지 퀘스트 의뢰가 오지는 않았을 터. 해변임에도 물 한 방울 없는 경관과 끝없는 모래사장의 모습을 보건대, 이 퀘스트의 진행이 단순하지는 않음을 알 수 있었다.

이런 내 생각에 확신을 심어주듯, 굴라쿠가 자못 심각한 어조로 말을 이었다.

"…평소와 다를 바 없이 해안 경비를 서던 저를 포함한 머맨

전사들은 저주의 그날, 갑자기 닥쳐온 새카만 폭풍에 정신을 차릴 수 없었습니다."

"저주의 그날?"

"예, 이 지역에선 이곳이 이렇게 되어버린 날을 그렇게 부르고 있습니다."

떠올리는 것만으로도 겁이 난다는 듯 몸을 잘게 떤 굴라쿠가 설명을 이어나갔다.

"그 폭풍은 새카만 색은 물론이거니와, 그 존재 자체가 '이상' 이라고밖엔 할 수 없는 존재였습니다. 바다에 영역을 둔 저희 머메이드 종족은 특성상 바다의 기상 변화에 예민합니다. 그런데도 이를 관측하는 우리 종족의 학자들은 물론, 신전의 그 누구도 존재를 알지 못했기 때문이죠. 특히나 기이하게도 보통의 바다 폭풍은 주변의 기상 상태에 따라 자리를 이동하고, 이내 천천히 사라져 갑니다만, 그 폭풍은 한자리에서 고요하게……. 그렇게 몇날 며칠을 가만히 있기만 했습니다."

"호오……."

신기한 이야기였다. 물론 게임 속 판타지 세상에서 벌어지는 일이니 무슨 일이든 평범한 시각에서라면 신기할 수밖에 없지만, 그 판타지 세상의 종족이 전하는 신기한 이야기란 또 다른 흥미라고 할 수 있다.

"저희는 처음엔 그 폭풍에 대해 다방면으로 조사를 했습니다. 아무리 생각해 봐도 비정상적인 형태의 기상이변인데다, 대륙 최대 규모급 휴양지인 이곳 한가운데에 나타난 만큼 우리 종족뿐 아니라 이곳을 휴양지로 삼고 있던 인근의 엘프 족과 드워프들, 근처에 터를 잡은 수인족들, 그리고 이곳에 국가를 둔 인간까지… 검은 폭풍에 대한 조사를 위해 합동 수사를 실시했습니다."

"헤에~"

의외라고나 할까. 대개 소설이나 게임 속에서는 서로를 적대하고 몬스터 취급하는 다양한 종족들이 해변의 휴양지를 위해 힘을 합쳤다고 하니 꽤나 신기하게 들렸다.

실제로 당장 눈앞에 있는 굴라쿠만 해도, 다른 곳에서 만났다면 칼부터 빼 들었을 비주얼인데 이곳에선 해안 경비를 했다고 하고, 각 종족의 이해관계에 따라 지역을 지키기 위한 합동 조사까지 했다라… 이곳 리버스 라이프의 세계가 얼마나 치밀하고 리얼한 설정을 갖고 있는지 새삼 느낄 수 있었다.

"덕분에 한동안 이곳 해안은 접근 금지 명령이 내려졌고… 합동 조사가 시작된 후 1주일째 되던 날, 물과 가장 친밀한 종족인 저희가 가장 먼저 이상을 느꼈습니다."

"어떤 이상이었지?"

앙상한 얼굴 위로 짙은 그늘을 드리운 굴라쿠는 조심스럽게 바닥의 모래를 한 줌 쥐어 올리며 말했다.

"바다가… 줄어들고 있었습니다."

"…바다가?"

선뜻 이해가 안 되는 말이었다.

바다라 함은… 대륙을 제외한 외부의 모든 곳이다. 세상의 모든 물은 곧 바다와 연결되니, 바다는 곧 세상의 모든 물이란 말과도 일맥상통한다. 바다가 줄어든다는 것은 상식적으로 말이 안 되는 일이었다.

푸스스…….

바싹 마른 모래를 흘려보내며, 굴라쿠는 무겁게 고개를 끄덕였다.

"처음엔 저희도 믿기지 않았습니다. 바다가 줄어든다니… 일평생 떠올려 본 적도 없는 이야기였고, 상상조차 할 수 없는 일이었지만……. 그건 실제로 일어난 일이었습니다. 이 모래가 바로 그 증거입니다."

"그렇다면 세상의 모든 바다가 다 그렇다는 말인가?"

바다가 줄어들었다는 말을 들었을 때, 가장 먼저 떠오른 것은 바로 그것이었다.

어떤 것의 영향이든 간에 바다가 줄어들었다는 것은 단순 기상이변 같은 말로 설명할 수 없는 대재앙이다. 그것이 이 지역에 국한된 일이 아니라 대륙 전체에 일어난 일이라면 심각한 문제였다.

하지만 다행인지 불행인지, 굴라쿠는 내 물음에 고개를 저었다.

"처음엔 저희도 그렇게 생각했습니다. 바다는 하나로 이어져 있으니, 이곳 해변에서의 일이 다른 지역에도 영향을 미치고 있으리라고 말이죠. 하지만 다행스럽게도 이 이상 현상은 이곳 펠라로 윅스에 국한된 일이었습니다. 하지만 안도할 수는 없었습니다. 모래사장이 점차로 넓어지고, 바닷물이 계속해서 밀려나가는… 그런 기현상 속에 저희 머메이드 종족의 영역은 점차로 깊은 바다로 밀려 나갔습니다. 바다의 자원을 근간으로 하는 종족들은 멀어져 가는 바다를 따라 점차 멀리 퍼져 나갔고, 부족 단위로 나뉜 타 종족과 달리 나라의 형태를 한 인간족은 펠라로 윅스 해변에서 철수하여 내륙으로 몸을 피했습니다. 그건 마치… 이곳 해변에 모인 모든 종족의 결속을 해체시키는 듯한… 퍼뜨리려는 듯한… 그런 모습이었습니다."

'퍼뜨린다라…….'

어째서일까. 특별한 내용이 아니었음에도 어쩐지 마음에 걸리는 말이었다.

잘은 모르지만 무언가 사악한 음모가 느껴진달까. 마치 내가 아버지한테 속아 게임을 시작하던 때나, 아버지한테 속아 학교에 입학하던 때와 비슷한 것 같았다.

'뭐 그래봐야 느낌일 뿐이지만.'

게임 속에서 일어나는 일이니 무슨 상관이 있겠냐만은, 알 수 없는 오한에 몸이 떨리는 건 막을 수 없었다.

"그렇게 각 종족들은 생존을 위해 퍼져 나가고… 각 종족의 대표자로 뽑힌 우리는 이곳에 남아 검은 폭풍에 대해 계속해서 연구를 진행했습니다."

"잠깐, 우리? 여기에 너 말고도 누군가 더 있다는 말이야?"

"예. 하지만 그들이 살아 있는지는 확실하지 않습니다. 보시다시피 이곳은 황무지나 다름없는데다, 제가 살아남은 건 저희의 종족 특성 덕분이니까요."

"흠… 그렇군. 계속해 봐."

여태 살아 있는 것이라곤 굴라쿠밖에 만나보지 못했기에 다른 누군가가 더 있을 수 있다는 말에 조금 놀랐으나, 굴라쿠의 상태나 이곳의 환경을 생각해 보면 그다지 의미 없는 일이다.

"어쨌든 저희는 연구를 통해 그 검은 폭풍이 자연적으로 형성된 기상 변화가 아니라 마법에 의해 만들어졌으며, 지속적으로 바닷물을 빨아들이고 주변에 모래를 만들어 뿌리고 있음을 알아냈습니다."

"바닷물을 빨아들이고 모래를 뿌린다고……? 목적은 알 수 없었어?"

내 물음에 굴라쿠는 천천히 고개를 저었다.

"마법으로 만들어진 폭풍인데다 의미를 알 수 없는 기능을 하는 만큼 다방면에서 연구와 추적을 진행했지만, 결국 그 마법이 무슨 원리로 이루어지는지, 왜 이곳을 이렇게 황폐화시키고 있는지는 결국 알 수 없었습니다. 그나마 추측할 수 있는 건… 그냥 세상에 대해 악의를 가진 흑마법사의 음모라고밖엔…….”

“그것 참, 막연한 추측이네…….”

그마저도 ‘아무런 증거도 없지만 이런 짓을 하는 것은 흑마법사밖에는 없어!’ 정도의 이유로 선정됐을 테니, 신빙성은 떨어진다.

이런 내 생각을 읽은 것인지, 굴라쿠 역시 작게 고개를 저으며 내 생각에 동의했다.

“물론 저희 역시 억측이라곤 생각했지만… 어쨌거나 저희에겐 결론이 필요했고, 분노를 표출할 대상이 필요했습니다. 게다가 역사 속에서 흑마법사들은 기괴한 마법 실험으로 대륙에 막대한 피해를 끼친 경우가 많으니… 그다지 이상하기만 한 결론도 아니었고요.”

“그렇군……. 이 세계에선 당연한 일일 수도 있겠어.”

현실에서도 마찬가지다. 이 세상의 무언가를 만물의 절대 악으로 정하고, 모든 안 좋은 일을 그것과 연관시켜 말하는 경우가 많다. 그것을 자세히 들여다보면 억측임을 알지만, 그럼에도 상식선의 이야기인 것이다.

결국 이 결론 역시 이 세상에선 상식선의 결론이란 말이다.

"어쨌거나 저희의 합동 조사는 그렇게 마무리되었고, 이후의 처리는 흑마법사가 발견되면 그에 따른 각 종족의 장들의 협의에 따르기로 한 뒤, 저희 모두는 헤어졌습니다. 하지만……."

"변한 건 없었겠군."

끄덕.

무겁게 고개를 끄덕이는 굴라쿠를 보면서 나는 당연한 일이라 생각했다.

어디에 있는지도 모르는 막연한 적을 두고, 그 등장에 맞춰 협의를 하고 움직이겠다는 말은 사실상 이곳의 일로부터 손을 떼겠다는 말이나 다를 바 없으니 말이다.

"그래도 바다 그 자체가 생활 터전인 저희 종족에겐 민감한 문제인지라, 이후에도 꾸준히 연구를 지속했고 다른 종족들의 연구자들 역시 계속 불러왔지만, 결국 진전 없이 시간만 보냈습니다. 그러다가 얼마 전, 검은 폭풍의 소멸을 끝으로 완전히 이 일에서 손을 떼버리고 말았습니다."

"엥? 뭐야, 결국 소멸된 거였어?"

"네… 보시다시피 이런 꼴이 됐지만 결국 끝나긴 하더군요. 마치 목적을 다 마친 것처럼 어느 날 갑자기 사라져 버렸습니다."

"흐음……."

결국 알아낸 것은 아무것도 없이, 유일한 단서이던 마법이 사라졌다. 이들 입장에선 안 좋은 상황이라고밖에 할 수 없었다.

그나마 위안거리가 있다면 심각한 변화에 비해 큰 피해는 없어 보인다는 것 정도.

굴라쿠의 말을 듣는 내내 폭풍으로 인해 벌어진 피해에 대해서는 그다지 말이 없었으니 그럴 것이라 짐작하는 정도지만, 실제로 폭풍이 만들어낸 효과를 보건대 그 자체가 어떤 위협을 가하는 종류는 아니었구나 싶다.

"그래, 그렇단 말이지……."

"저, 저기……."

그렇게 굴라쿠의 설명을 듣고 잠시 생각을 정리하는 사이, 슬쩍 눈치를 보고 있던 굴라쿠가 조심스럽게 말을 걸었다.

그 조심스런 말투에서 무언가를 느낀 나는 재빨리 고개를 들고 대답했다.

"아, 그래. 설명 잘 들었어. 잘 가! 안녕!"

퍼석퍼석—

모래투성이의 길을 목적지도 모른 채 힘차게 나아가는 내 발걸음은 그 무엇으로도 멈출 수 없을 듯했다. 그리고 그것도 잠시, 내 발검음에 맞춰 울려 퍼지는 처절한 음성에 결국 혀를 차며 돌아서고야 말았다.

"저기이이이이잇!"

"아, 젠장."

그리고 동시에.

띠링—!

〔퀘스트가 갱신되었습니다.〕

이럴 것 같았다. 여태 자신의 불쌍한 사정을 구구절절 늘어놓던 NPC가 갑자기 유저의 눈치를 보며 말을 건다면, 거기에 무슨 다른 이유가 있을까.

퀘스트 창을 열어보지도 않았지만, 직감적으로 귀찮은 일에 휘말렸다는 것을 알 수 있었다.

'그냥 여기가 왜 이런 건지 궁금했을 뿐인데…….'

그런 것치곤 너무 많이 질문하긴 했지만 어쩌겠는가. 상황을 자세히 아는 현지인이 직접 나서서 궁금한 걸 전부 설명해 주겠다는데, 안 듣는 것도 아깝지 않은가.

"퀘스트."

〔펠라로 웍스의 재앙 — 특수 연계 의뢰〕

대륙 최대 규모의 휴양지 펠라로 웍스 해변에 일어난 정체불명의 재앙! 수많은 종족의 화합과 친목의 장이던 이곳에 일어난 참사는 그들을 분열시키고야 말았다.

종족의 모두가 떠나가고 홀로 남아 펠라로 웍스를 지

키던 머맨 전사는 이를 안타까워하며, 자신을 구해준 모험자에게 구원을 의뢰했다.

오직 당신만이 이곳에 파라다이스라는 영광과 모든 종족의 화합을 다시금 이끌어낼 수 있으니……. 모험자여, 이들을 구원하라!

시간 : ??

보상 : 용병 길드 명성치 증가, 처치 몬스터당 추가 경험치 및 골드 획득, 머메이드 족의 특수 보상, 펠라로 웍스 지역 내 명성치 증가, 휴양 시설 이용 시 혜택 증가

성공 조건 : 펠라로 웍스 지역의 몬스터 50마리 처치, 펠라로 웍스 지역에 벌어진 일에 대한 성공적 조사

실패 조건 : 퀘스트 포기, 퀘스트 완료 전 지역 이탈

실패 페널티 : 용병 길드 명성치 감소, 케이안 용병 길드 평판 하락, 머메이드 종족과의 호감도 대폭 하락, 펠라로 웍스 해변 내 휴양 시설 이용 금지, 대륙 내 휴양 시설 이용 시 페널티 추가

분명 조금 전에 열었을 때는 심플한 내용에, 관련 설명도 없는 단순 몬스터 처치 퀘스트던 것이… 어느새 장황한 관련 스토리를 가진 퀘스트로 변해 있었다.

게다가 보상이라곤 개뿔 그다지 변한 것도 없으면서, 페널티는 대량으로 달라붙었으니 포기할 수도 없었다.

'다른 페널티야 그렇다 쳐도, 대륙 내 모든 휴양 시설 이용 페널티라니…….'

펠라로 윅스 해변이야 이런 꼴이니 상관없다고 해도, 다른 지역 이용까지 페널티가 생기는 것은 곤란했다. 앞으로 어떤 지역의 어떤 곳을 찾아갈지도 모르는데, 가기도 전에 페널티부터 떠안고 가다니. 여러모로 곤란한 일이었다.

'게다가 혹시나 나 말고 다른 사람이 퀘스트를 깨서 이곳이 원래대로 돌아오면……. 그럼 다시 파라다이스가 될 거 아니야.'

물론 원래대로 돌아온다는 확실한 보장은 없지만, 퀘스트 내용 속 '파라다이스라는 영광을 다시 이끌어낸다'는 표현을 보건대 퀘스트가 완료되면 이곳 역시 원래대로 돌아오는 듯싶다.

그렇다면…….

'안 돼! 출입금지를 받는 건!'

여기에 오기까지 얼마나 갖은 노력(?)을 했던가.

뭐, 물론 대부분이 타의에 의한 강제성 짙은 노력이긴 했지만……. 이곳의 존재는 나의 게임 생 중 얼마 안 되는 희망이었다.

비록 지금이야 그 저주란 것으로 이런 모습이긴 하지만, 만약 정상화된다면 반드시 다시 와야만 하는 곳이 바로 이곳이다.

'그래, 긍정적으로 생각하자……. 어차피 해야 하는 퀘스트

였어. 게다가 완료만 하면…….'

어차피 누군가는 해야 할 퀘스트, 그게 내가 된 것일 뿐이다.

게다가 이렇게 아무렇지 않게 퀘스트가 연계되는 것을 보면, 분명 내 수준에서 진행이 가능한 퀘스트일 터. 벌써부터 쫄 필요는 없다.

그렇게 자포자기한 심정으로 스스로를 설득한 나는 천천히 몸을 돌려 굴라쿠를 돌아봤다.

바싹 마른 새카만 얼굴에 순진무구한 눈망울로 마치 '내가 무슨 잘못이라도 했나요?' 라고 묻는 듯, 똘망똘망하게 쳐다보는 굴라쿠의 모습에 나는 벨라에게 손짓해 방패를 들게 했다.

그러고는 사색이 된 굴라쿠의 귓가에 대고 작게 속삭였다.

"지금부터 아주 자세히 대답을 해야 할 거야. 네가 필요하다고 생각하는 것보다 훨씬 더 자세히. 내가 묻는 모든 것에 말이야. 알았지?"

끄덕끄덕끄덕끄덕—

정신없이 머리를 끄덕이는 굴라쿠를 보며 작게 만족스런 미소를 지은 나는 다시 한 번 물었다.

"자, 그러니까… 어떻게 된 거라고?"

내리쬐는 태양 아래에서 어포가 되어가는 머맨과 한 인간의 대화는 그 후로도 한참 동안 이어졌다.

Chapter 2

펠라로 윅스의 저주

이제는 해변이라는 말이 무색해진 백색 모래의 대지, 펠라로 웍스.

그곳 한가운데 세워진 거대한 나무 방벽은 이 끝없는 모래 속에서 가장 눈에 띄는 건축물이었다.

먼저 어떻게 기둥을 세웠는지 의문이 들 만큼 큼직한 통나무로 둘러싸여 있는 모습이 눈에 들어왔다. 거기에 방벽 군데군데 박혀 있는 날카로운 나무들과, 화살이나 총포 따위를 쏠 수 있게 만들어둔 작은 구멍들, 방벽보다도 훨씬 높게 솟구쳐 있는 감시탑은 가히 요새라는 말을 저절로 떠올릴 수 있을 만큼 장엄하고 위엄 있는 모습이었다.

그런 펠라로 윅스의 임시 요새, 벨링턴 기지의 하루는 목청 큰 사람들이 고래고래 소리를 지르는 것으로 시작되었다.

"120 이상 탱커 한 분 구합니다!"

"마법사 계열 딜러 한 분 구해요! 거대 갯지렁이 잡으러 갑니다!"

시끌시끌.

와글와글.

도떼기시장마냥 이곳저곳에서 들려오는 우렁찬 외침 소리, 그리고 길거리를 가득 메운 사람들의 향연.

거대함으로 그 위압감을 뽐내던 외견과 달리, 벨링턴 기지의 내부는 초라하고 난잡하기 짝이 없었다.

방벽 내부 군데군데 투석기나 발리스타 같은 거대 몬스터를 상대하기 위한 공성 병기들이 없었다면, 어설프게 지어진 통나무집들과 하나같이 임시라는 간판이 붙은 후줄근한 천막들의 모습은 어딘가의 화전민 촌이나 패잔병 무리들이 모인 곳이 아닌가 하는 생각이 들 정도였다.

심지어 길목 곳곳에서 목소리를 높여 파티원을 구하는 사람들치고 그 모습이 깔끔한 인물이 단 하나도 없으니, 실제로 패잔병 무리나 다를 바 없어 보였다.

하지만 굴라쿠를 상대로 온갖 정보를 캐낸 끝에 간신히 이곳에 찾아온 나에겐 조금 다르게 보였다.

나와는 달리 각자의 직업에 맞춰 장비들을 차려입고, RPG 게임의 정석대로 파티를 통해 게임을 진행하는 수많은 유저들. 그것은 여태 비정상적인 루트로 게임을 진행해 온 나에게 있어 굉장히 신선한 모습이었다.

"그나저나 이렇게 사람이 많다니……. 퀘스트를 받은 게 나만이 아니었나 보네."

어쩌면 당연한 일인지도 몰랐다.

애당초 내가 이곳에 온 것도 대륙 용병 길드 전체에 뿌려진 임무 수행을 위해서가 아니던가.

용병 길드가 성뿐 아니라 작은 마을 따위에도 있는 필수 건물인 걸 감안하면, 아마 리버스 라이프 속 용병 길드는 셀 수도 없이 많을 터. 그곳에서 한두 명씩만 퀘스트를 위해 뽑혀 왔다고 해도 수백 명은 될 것이다.

물론 그중에서도 길드에서 텔레포트까지 사용해 보낸 경우는 극소수에 불과하겠지만, 그런 자세한 사정을 알기엔 내 게임 경력은 너무도 짧았다.

"이렇게 많은 사람이 퀘스트를 진행하는 거면… 정말 나 말고도 누구든 대신 퀘스트를 깨줄 수 있는 거 아니야?"

요새 곳곳에서 파티를 이루고 있는 모래투성이 후줄근한 차림의 수많은 유저들을 보며 중얼거리던 나는, 불쑥 뒤에서 들려오는 목소리에 흠찟 한 걸음 물러났다.

"후후후, 새파란 뉴비로구만."

"누, 누구세요?"

그곳엔 다른 유저들과 마찬가지로 모래투성이인 후줄근한 로브를 걸치고, 한 손에는 스태프를 쥐고 있는 마법사 유저가 있었다.

그는 내 질문에 대답할 생각이 없는 듯, 시선을 돌려 여기저기 모여 있는 유저들을 보면서 제멋대로 설명을 이어갔다.

"'펠라로 윅스 구원' 퀘스트는… 퀘스트 진행 도중 이 지역을 벗어나서는 안 되지. 그 말은 곧 이곳 지역에서 모든 것을 해결해야 한다는 말……!"

그렇게 말하며 나무 방벽에 나란히 기대어 앉은 유저들을 가리키는 그의 목소리에 힘이 들어갔다.

"자, 보아라! 저 절망에 찬 얼굴을! 본래의 윤기를 잃고 잔뜩 구겨진 철판 쪼가리를 갑옷이랍시고 입으며, 그나마도 부서질까봐 임시 대장간에 수리를 맡길 생각으로 힘없이 앉아 있는 모습! 보아라, 저 휘어진 검! 저 낡아 빠진 망토를!"

꿀꺽—

갈수록 힘을 더해가는 그의 말대로, 방벽에 기대어 앉은 이들의 장비는 형편없이 망가진 모습들이었다. 또한 유저들의 얼굴은 게임을 즐기고 있다기 보다는 게임이란 것에 질린 듯한, 어두운 그림자만이 드리워져 있을 뿐이었다.

"저게 대체……."

"후후후… 어쩔 수 없는 노릇이지."

내 중얼거림에 화답하듯 다시 설명을 잇는 그의 얼굴은 어째선지 다른 유저들과 달리 조금은 밝은 기운이 흘렀다.

"리버스 라이프를 즐기는 데 있어 용병 길드는 필수 불가결한 요소다. 그리고 용병 길드를 통해 받은 이 '펠라로 윅스 구원' 퀘스트는 실패 시 용병 길드의 신뢰도가 거의 바닥까지 떨어지는 최악의 페널티를 가진 퀘스트! 만일 게임을 계속하고 싶다면 퀘스트를 포기하지 않고 진행해야 한다. 그리고 모든 걸 이 지역에서 자급자족으로 해결해야만 하지! 하지만… 그걸 알고 있나?"

꿀꺽.

"무, 무엇을 말입니까?"

마치 중대차한 비밀을 알려준다는 듯, 목소리를 낮춰 말하는 그에게 어느새 나는 공손한 어투로 묻고 있었다.

"이곳 몬스터들은… 아이템을 드랍하지 않는다는 것을……."

쿠—궁!

"아, 아이템을……?"

충격적인 소식에 주춤 한 걸음 뒤로 물러나는 내 모습을 보고, 그는 그럴만도 하다는 듯이 고개를 주억거리며 말했다.

"그래, RPG 게임의 가장 중요한 요소인 아이템 파밍이 전혀 이루어지지 않는 이곳에선… 모두들 게임의 의욕을 잃고야 말지."

마치 득도한 도인마냥 말하는 그의 모습엔 알 수 없는, 범접하기 힘든 오라가 흐르는 듯했다.

"하, 하지만… 어쨌든 퀘스트를 완료하면 되는 것 아닌가요?"

"그래, 퀘스트를 완료하면 될 테지……. 하지만… 그게 가능하다면 저들이 왜 저런 모습일 거라고 생각하나?"

"…설마?"

퀘스트 진행이 불가능한 무언가가 있다는 말인가.

"그래, 펠라로 윅스 구원 퀘스트의 요구 몬스터 수는 50마리……. 그리고 저 발리스타와 투석기를 보았다면 이미 알았겠지? 이 지역의 몬스터들은 초대형 몬스터들뿐이다. 이 퀘스트가 레벨 100에서 겨우 100 중반을 넘는 유저들에게 전해진 이상, 몬스터를 잡는 방법은 오직 파티 사냥뿐. 하지만 그마저도 힘들고 어렵지. 그뿐인가? 아이템은 계속해서 소모되고 망가지는데 이를 보충할 곳은 없고, 유일한 보충 수단은 이 퀘스트를 받을 수 있는 100레벨 이상의 상인 유저들이 물품을 가져오는 방법뿐! 하지만 100레벨 이상의 상인 유저가 어디 흔하던가? 게다가 100레벨급 상인이면 이미 자신만의 상행 루트가 있을 터. 이런 위험한 곳에서, 그것도 용병 길드의 페널티를 안고 외부로 나갈 녀석들은 극소수에 불과하지!"

"과, 과연……!"

납득이 가는 말이었다.

이곳엔 100레벨 중반대의 유저가 수백 명이나 모여 있긴 하지만, 비전투 계열의 유저는 아예 보이지가 않았다. 간혹 모습이 보이는 것은 임시 대장간이라 이름 붙여진 천막 안에서 가끔 얼굴을 보이며 바깥에 늘어선 줄을 보곤 한숨 쉬는 대장장이뿐이었다.

"어때, 이제 좀 이곳 상황을 알겠나?"

"네……. 하지만 아직 이해가 안 가는 것이 있는데……."

"뭔가? 얼마든지 물어보게."

"퀘스트 내용은 분명 50마리의 몬스터를 잡는 걸 텐데… 아무리 힘들다곤 하지만 여태 퀘스트 클리어를 못했다는 것은 좀……."

내가 고개를 갸웃거리며 말하자 그가 껄껄 웃으며 대답했다.

"허허, 분명 퀘스트는 50마리 몬스터를 잡는 것이지. 단순히 그것뿐이라면 문제가 없겠지."

"그렇다면…….?"

"보스 몬스터."

"예?"

“49마리째의 몬스터를 잡은 파티는, 이 거점을 벗어나는 순간 앞에 보스 몬스터가 소환되지. 그 몬스터를 잡지 못하면… 퀘스트 내용은 초기화되고, 처음부터 다시 시작하지. 49마리의 대형 몬스터를 상대하며 제대로 된 장비 하나 남지 않은 유저들로서는 레벨 300을 훌쩍 넘는 보스 몬스터를 상대할 힘이 없는 것이고. 그런데… 이 내용은 분명 ‘펠라로 윅스 구원’ 퀘스트의 상세 설명에 나와 있는 것으로 아는데?”

오히려 내 질문이 의문스럽다는 듯 고개를 갸웃거리며 반문하는 그를 보며 나는 깨달은 바가 있었다.

‘확실해, 펠라로 윅스 구원 퀘스트라고 말할 때부터 의심했지만… 이 사람이 말하고 있는 퀘스트와 내가 진행하는 퀘스트는 다른 거다!’

내가 받은 퀘스트의 이름은 ‘펠라로 윅스의 재앙’ 이다.

물론 퀘스트 내용에 비밀을 파헤쳐 이곳을 구원하라는 말이 있긴 했지만, 그 내용에는 보스 몬스터와 관련한 내용은 물론 초기화 페널티 같은 내용도 없을뿐더러, 누가 봐도 가장 중요한 과제인 이곳에서 일어난 일을 조사하는 내용에 대해 아무런 언급도 없었으니 퀘스트가 다른 것이 분명했다.

‘덕분에 단서가 될 만한 것은 하나 알아냈군.’

그것은 바로 보스 몬스터.

이곳에 오기전 한 푼의 정보라도 더 얻기 위해 열심히 굴라쿠를 족쳤지만, 결국 퀘스트에 도움이 될 만한 내용은 거의 얻지 못했다. 고작 해야 같은 설명을 조금 더 자세히 들었을 뿐. 그리고 그런 정보들 가운데 가장 쓸모 있어 보여 찾아온 이곳 벨링턴 요새에서 드디어 도움이 될 만한 정보를 얻은 것이다.

'시간이나 날짜에 관계없이 49마리의 몬스터를 잡는 조건을 충족하면 무조건 등장하는 보스 몬스터……. 거기에 그것을 잡지 않으면 자동으로 초기화 되는 퀘스트라니……. 이것 자체에 무언가 있는 것이 틀림없어.'

그리고 이중 가장 중요한 것은 바로 보스 몬스터를 잡는 일이 틀림없었다.

이곳 지역의 몬스터들이 아무런 아이템을 드랍하지 않는다고 하지만 진행할 퀘스트가 있는 이상 무언가 힌트가 될 만한 것이 있어야만 했다, 게다가 이곳에 모여 있는 사람 수를 생각해 볼 때 이곳 몬스터들 대다수는 한 번 이상 잡혔을 터. 그럼에도 불구하고 아무도 정보 따위를 얻지 못했다는 것은 오직 하나, 여태 단 한 번도 잡히지 않은 보스 몬스터가 바로 힌트임을 암시하는 것이나 다름없으리라.

'물론 이곳 지역 자체에 무언가 있다든지 하는 방식일 수도 있겠지만…….'

하지만 그렇다고 하기엔 주어진 힌트가 너무 빈약할뿐더러, 그런 방식이 되어서는 유저들이 이런 망망대해나 다를 바 없는 모래의 바다에서 힌트를 찾을 수 있을 리가 없다.

그런 터무니없는 확률에 거는 것보다는 애시당초 이곳의 퀘스트가 용병 길드의 소개로 받는 구원 퀘스트와, 이곳에 도착하여 NPC를 상대로 받는 재앙 퀘스트 두 가지로 나뉘어 진행된다고 보는 것이 더 타당했다.

'그럼 할 일은 정해졌군.'

50번째에 나타난다는 그 보스 몬스터를 잡는다.

그 보스 몬스터란 것이 구원 퀘스트를 진행 중인 유저에게만 나타나는 것일 수도 있겠지만, 내 퀘스트 내용에도 50마리 몬스터 처치가 있는 것을 보면 나 역시 조건만 충족하면 보스 몬스터를 불러낼 수 있을 가능성이 높았다.

"응? 가는가?"

"예, 감사했습니다."

생각을 마친 내가 후드를 눌러쓰며 슬쩍 몸을 틀자, 여태 주저리주저리 많은 정보를 제공해 준 마법사가 아쉽다는 듯 물어왔다. 나는 단호히 인사하며 몸을 틀었다.

많은 도움을 준 사람에게 너무 매정하다고 생각될지도 모르지만… 그를 상대로는 이것이 어울렸다.

왜냐하면…….

덜컹— 우다다닷!

여태 나와의 헤어짐을 아쉬워하던 그가 방벽 사이의 출입문이 열리자, 헐레벌떡 그 앞으로 뛰어갔다. 그러고는 그곳을 통해 들어온 새로운 유저가 방벽 내부의 모습에 어리둥절해하는 모습을 보며, 불쑥 그 뒤로 다가가 말했다.

"후후후, 새파란 뉴비로구만."

'역시 저게 취미였군…….'

온라인 게임이란 것을 하다 보면 새로온 유저에게 들러붙어 하나부터 열까지 구구절절 설명하며 자신의 지식을 뽐내기를 좋아하는 인물들이 꼭 있기 마련이었다. 그것은 이곳 리버스 라이프에서도 마찬가지였고, 저 마법사는 전형적인 그런 부류였다.

만족스럽다는 듯 음침한 미소를 지은 채 좀 전의 설명을 다시 한 번 시작하는 그의 모습을 보면서, 나는 이곳에 갇혀 시간이 남아도는 게 분명한 그의 취미 생활을 방해하지 않고자 조심스레 자리를 떴다.

"자자, 보아라! 저 절망에 찬 얼굴을! 본래의 윤기를 잃고 잔뜩 구겨진 철판 쪼가리를 갑옷이랍시고 입으며, 그나마도 부서질까봐 임시 대장간에 수리를 맡길 생각으로 힘없이 앉아 있는 모습! 보아라, 저 휘어진 검……."

해가 지지 않는 벨링턴의 밤.

우렁차게 퍼지는 한 마법사의 목소리엔 어쩐지 외로움이 묻어나는 듯했다.

◈ ◈ ◈

"벨라, 이제부터 보이는 족족 전부 잡으면 되는 거야."

"알겠어!"

힘차게 대답하는 벨라의 모습에 흡족한 미소를 지은 나는 퀘스트 창에 선명하게 표시되어 있는 '진행 상태 : 1/50'을 보며, 입꼬리를 더욱 길게 말아 올렸다.

'후후, 공동묘지 퀘스트 때도 그랬지만……. 확실히 가디언이 사냥한 몬스터도 착실하게 체크가 되는구만.'

전체 50마리를 잡는 퀘스트 내용 중, 달성된 저 1의 표시는 얼마 전 굴라쿠를 만났을 때 본 아귀 비스무리한 거대 몬스터를 잡고 나서 오른 것이다.

비록 내가 사냥에 기여한 내용이 없어 경험치를 얻지는 못했지만, 내 소유의 가디언인 벨라가 잡은 몬스터인 탓에 퀘스트 진행도에는 누적되는 것이다.

'하마터면 파티 사냥을 할 뻔 했어.'

파티 사냥에는 내 직업이며 스킬이며, 여러모로 걸리는 바가 많은 만큼 하루 종일 파티 모집을 한대도 퀘스트 진행이 불가능했을 터였다.

만약 직업을 위장하고자 한다면 엠페러와 함께 소환사인 척

하거나, 금빛 엄니를 들고 암살자 클래스 흉내를 내야 하는데……. 거대한 몬스터들을 상대로 이쑤시개 같은 단검을 들고 싸우는 것은 관련 스킬이 아무것도 없는 나로선 불가능한데다, 엠페러는… 두말할 필요도 없었다.

"하아압!"

"으음……. 열심히 하는군."

그렇게 내가 딴 생각을 하고 있는 사이, 벨라는 의외로 지천에 널려 있는 거대 몬스터들을 상대로 마음껏 실력을 뽐내는 중이었다.

벨라의 방패가 한 번 휘둘러지면 가드를 올린 몬스터의 팔이 날아가고, 머리를 들이밀면 머리가 터져 나가는……. 그야말로 시산혈해와 같은 모습이 징그러울 만도 하건만, 모래 곳곳에서 모습을 드러내는 몬스터들을 상대하는 벨라는 결코 손을 멈추지 않았다.

'저런 걸 보면 언데드 같은 걸 무서워한다는 게 이해가 안 된단 말이지.'

물론 죽은 사람이 움직인다는 것은 단순히 비주얼의 문제만은 아니었지만, 아무리 봐도 벨라가 만들고 지나가는 시체의 길은 언데드의 공포감에 비할 바가 아니었다.

심지어 모래 속에서 불쑥 몸을 솟구치던 야생 몬스터들이 주변에 흩어진 동족의 잔해를 보고 다시 꾸물꾸물 기어들어갈 정도였으니……. 몬스터로 태어나지 않아서 다행이라는 생각이 들 정도였다.

'그나저나 이대로라면 보스 몬스터를 만나는 건 금방일 텐데……. 조금 걱정되는군.'

모래 속에서 튀어 나오는 일반 몬스터들을 상대로 그야말로 학살을 펼치고 있는 벨라였지만, 벨링턴 요새에서 듣기로 이 몬스터들을 처리하고 나오는 보스 몬스터는 300레벨이 넘는다고 했다.

100레벨대의 유저들을 대상으로 한 퀘스트라고 하기엔 터무니없이 높은 레벨이었지만, 다행히 벨라 역시도 322이라는 무지막지한 레벨을 가진 만큼 상황이 나쁘지만은 않았다.

하지만 그럼에도 걱정되는 것은 역시 벨라의 체력.

포션 따위로 얼마든지 회복이 가능한 유저와는 달리, NPC로 분류되는 가디언은 포션 등을 통해서는 상태창의 체력 수치만 회복될 뿐, 실제로 피곤함이 가시거나 하지는 않았다.

이곳에 온 이래 제대로 쉬어본 적이 없는 벨라는 이 순간도 쉼 없이 움직이며 몬스터를 처리하고 있었고, 어느새 가디언 정보창의 스태미너 수치는 3할 가량이 남은 상태였다.

'물론 48마리를 처치하고, 마지막 몬스터를 나중에 처리한다는 선택지도 있지만…….'

게임 플레이 시간이 한정된 나로서는 시간 내로 퀘스트를 진행해야만 했다. 그리고 그 시간은 이제 얼마 남지 않았고, 몇 시간 후면 알람이 학교에 갈 시간을 알려올 터였다.

'베스트를 선택한다면 역시 적당한 때 게임을 나가고 벨라를 쉬게 하는 거지만… 효율적으로 시간을 쓰려면 남은 시간 내에 보스까지 처리를 하고, 학교를 다녀와서 완전히 회복된 벨라를 데리고 나머지 퀘스트를 진행하는 쪽이 낫다는 말이지.'

이 계획대로라면 벨라를 혹사시켜야 한다는 단점이 있긴 하지만, 쉬는 것을 이유로 한정된 시간을 낭비하고 싶지 않은 나로서는 가장 최선의 선택이기도 했다.

그리고 이런 고민은 오래가지 않았다.

'벨라에겐 미안하지만… 나도 도울 테니까.'

한창 재미있는 만화나 소설은 보는 중에 끊기 싫은 것처럼 게임도 마찬가지였다.

최근의 몇몇 일들을 통해 이 리버스 라이프라는 게임에 빠져들기 시작한 나는 펠라로 웍스 지역에 얽힌 비밀을 풀고 퀘스트를 깨는 데 마음이 급급해 있었다.

"마침 익숙한 녀석이 보이네."

벨라를 도울 생각으로 품에서 금빛 엄니를 꺼내든 내 눈에 들어온 것은, 불과 얼마 전까지만 해도 숲 한복판에서 심심치 않게 보이던 자이언트 쉘이었다.

거대 몬스터이자 해양(?) 몬스터라는 설정답게 이곳 벨라로 윅스에서도 출몰하는 듯싶었다.

"껍질이 꽤 단단한 녀석이라 금빛 엄니가 들어갈지는 잘 모르겠지만… 타격으로 대미지만 입혀놔도 도움은 될 테니까."

예전 케이안 숲에서 봤던 자이언트 쉘들에 비하면 그 크기가 작았기에 더 약하다는 것 정도는 짐작할 수 있었지만, 애당초 케이안 숲에서부터 엠페러라는 희대의 사기 템(?)을 장착하고 다녔던 나로서는… 평범한 무기인 금빛 엄니로 과연 저 녀석의 껍질을 뚫을 수 있을지가 걱정이었다.

하지만 다행히 그런 내 걱정을 조금이나마 덜어주는 듯, 자이언트 쉘은 리젠된 위치에 멍청히 서 있었고, 아직 벨라나 나를 인식하지 못한 듯했다.

'기습을 한다면… 조금 더 대미지가 들어가겠지.'

녀석의 껍질 틈새로 축 늘어진, 녀석의 급소이자 가장 강력한 무기인 촉수 관자 부분이 보였다. 녀석의 몸 중 가장 무른 부분이니 금빛 엄니로 치명상을 줄 수 있을 것이란 생각이 들었다. 조심스럽게 단검을 들고 다가간 내가 불쑥 손을 치켜든 순간, 내 손을 붙잡는 목소리가 있었다.

"아아아악! 멈춰어엇! 그거 내 거야!"

"……?"

어쩐지 익숙한 느낌이랄까?

비명과도 같은 여자의 목소리에 저도 모르게 자이언트 쉘의

코앞에서 손을 멈춘 나는 목소리가 들려온 방향을 바라보다, 문득 내 어깨를 두드리는 기척에 다시 고개를 바로 했다.

톡톡—

"……."

이제와 하는 말이지만, 자이언트 쉘은 시각과 후각이 전무하기 때문에 밖으로 늘어뜨린 촉수로 주변을 살피거나, 공기의 파동을 통해 기척을 감지하고 움직이는 특이한 종류의 몬스터였다.

특히 촉수로 주변을 훑을 때는 촉수에 닿은 것이 적이라고 느껴지는 즉시, 백열이 들끓는 촉수로 적을 녹여 버리는 것이 특기였다. 케이안 숲에 있을 적, 이것에 당해 몇 번이고 죽음을 경험했던지라 그게 얼마나 아프고 더러운 기분인지 잘 알고 있었다.

그리고 지금… 어깨 너머로 느껴지는 바로 그 더러운 기분에 내 몸은 절로 뻣뻣하게 굳었다.

"제로!"

조금 전 들려온 여자의 목소리와는 확연히 구분되는 조금 허스키한, 하지만 남자보다는 높은 톤의 목소리가 내 위기를 알아차리고 절절한 목소리로 내 이름을 불러왔다.

'젠장, 너무 그렇게 애절하게 부르지 마! 내가 너무 미안하잖아!'

나를 저렇게나 걱정해 주는 녀석을 게임 속 도구로서 어떻게든 최대한 효율적으로 부려먹을 생각을 했다고 생각하니, 정말 나쁜 놈이 된 기분이었다.

'이건 그 벌인가?'

이제는 착하게 살아야지 하는 생각과 함께, 동시에 나를 멈춰 세운 여자에게 속으로 쌍욕을 퍼부은 나는 가만히 눈을 감고 이어질 뜨거운 고통을 기다렸다.

하지만.

"제로오오!"

"……?"

"벗어나! 빨리이이!"

ㄷㄷㄷㄷㄷㄷ…….

저 멀리서부터 달려오고 있는 벨라로서는 최대한 빨리 말한 것일 테지만, 그것은 한발 늦은 조언이었다.

아무리 기다려도 느껴지지 않는 고통에 눈을 떴을 때, 발밑에서 느껴지는 익숙한 지면의 움직임은 굳이 많은 설명이 아니어도 위기를 알 수 있는 단서였다.

"두 번이나 당할까 보냐!"

파학!

재빨리 땅을 박차고 점차 올라오는 이빨들을 피해 몸을 날린 나였지만…….

휘리릭— 촤악!

“케헥!”

굴라쿠의 팔과는 달리, 족히 수십 미터는 늘어난 촉수는 날아가는 내 몸을 단숨에 낚아챘다.

‘이번엔 밑에서 튀어 나오는 놈이 문제가 아니라 이 촉수에 죽겠는데? 더럽게 세잖아!’

숨통을 옥죄어오는 강렬한 압박감에 나는 고통에 찬 헛숨을 들이켰다. 마치 아까의 재현인 듯, 땅에서 솟아올라 벽처럼 내 주변을 둘러싸는 날카로운 이빨들을 보면서 그때의 날카롭고도 어두운 공포가 다시 솟아오르는 듯했다.

하지만… 지금은 그때와 다른 점이 하나 있었다.

주변에 솟구쳐 오르는 거무튀튀한 이빨만큼이나 날카로운 내 손에 들린 금빛의 이빨. 그것이 얼마 남지 않은 빛줄기를 반사시키며 휘황한 광채를 뿜어냈다.

촤좌아악!

“말했잖아! 두 번 당하지 않는다고!”

역수로 쥔 단검이 일반적인 사람 관절의 형태를 무시하며 위로 솟구쳤다. 동시에 몸을 감싸고 있던 촉수가 잘려나갔다.

키—에엑!

어디서 내는 것인지 모를 비명을 내지르며 촉수를 부들부들 떠는 자이언트 쉘. 나 역시 잔뜩 인상을 찌푸린 채, 평소와는 조금 다른 방향으로 틀어진 팔을 원래대로 끼워맞췄다.

우드득— 꾸득—

"크으……. 이것도 내 몸이라고 게임 속에서도 되긴 하네."

게임 속 유저의 몸은 유저의 신체 능력을 100% 가져오진 않는다. 하지만 신체적 특징은 그대로 복사해 오도록 되어 있었다. 신체 능력이야 어차피 스탯으로 표기되는 수치이니 상관없지만, 근육이나 뼈의 형태를 임의의 평균치로 조절한다면 이에 불편해하는 사람들이 있을 수 있었기에 내려진 조치였다.

그리고 이는 리버스 라이프의 액션을 담당한 개발자들 속에 내가 포함될 수 있었던 이유이기도 했다.

'액션 개발팀은 전부 비상식적이고, 어디 하나씩은 몸이 특이한 인간들이었다고!'

본래 내가 액션 개발팀에 소속된 것은 어린아이의 기준이 될 인원이 필요했던 탓이고, 시간이 지나 체격이 커지면 다른 부서로 옮겨질 계획이었다.

하지만 아주 오래전부터 내가 갖고 있던 이 몸의 능력은 계속해서 액션 부서에 남는 계기가 되었다.

"되도록 계속 쓸 일이 없었으면 했는데 말이지!"

나는 돔 형태로 머리 위를 덮어가며 점차 주변의 빛을 줄여 나가는 커다란 입을 보곤, 다시 한 번 힘을 준 팔을 크게 휘둘러 금빛 엄니를 녀석의 잇몸 부근에 박아 넣었다.

키아아아아―!

아귀의 울음소리라고 하기엔 너무나도 섬뜩한 비명이 반짝이는 모래 위로 울려 퍼졌지만, 비명 속에 드러난 밖을 본 나는 반대로 환호를 질렀다.

"역시, 치통은 몬스터라도 어쩔 수 없구만!"

잇몸 깊숙이 박힌 금빛 엄니를 회수함과 동시에, 재빨리 밖으로 몸을 내던진 나는 한 바퀴 굴러 나를 향해 달려오던 벨라와 합류했다.

"제로! 괜찮아?!"

"지금부터 그걸 확인할 테니까… 잠시만 막고 있어줘!"

"알겠어!"

쿠―웅.

내 말에 힘주어 대답한 벨라가 방패를 바닥에 박아 넣자, 조금 전 초거대 아귀가 모습을 드러냈을 때와는 비교도 안될 만큼 땅이 크게 흔들렸다.

'휘유, 무지막지하네.'

새삼 느끼는 벨라의 엄청난 힘에 든든함을 느끼며, 나는 조심스레 로브의 소매를 어깻죽지까지 걷어 올려 팔을 확인했다.

'외형상의 문제는 없는 건가?'

여전히 통증이 남아 욱신거리기는 했지만, 오랫동안 사용하지 않았던 것을 갑작스레 사용한 것치곤 별거 아닌 상처였다.

'어디 보자……. 체력은 30 정도 소모됐네.'

정상적인 행동이 아니었던 데다, 상당한 고통을 겪었던 만큼 역시 대미지로 판정을 받았는지, 미미하지만 체력 수치가 줄어들어 있었다.

"으으……. 이걸 실전에서 쓸 생각은 없었는데 말이야."

실제로도 나는 게임을 시작한 이래로 내 몸이 갖는 특징을 이용한 적이 단 한 번도 없었다.

그것만 충분히 활용했더라면 최소한 케이안 마을에서 몇 번의 죽음은 피할 수 있었음에도 말이다.

'하지만… 이건… 여러모로 걸리는 게 많으니까.'

이런 내 몸의 특징은 나에게 있어 그닥 달갑지 않은 옛날을 떠올리게 했다. 만약 내 힘이 액션 개발팀에 반드시 필요하지 않았다면 영원히 사용하지 않았을 특징이다.

하지만 내 이런 능력은 고난이도 액션에 너무나도 적합했고, 반드시 필요한 것이었다. 때문에 아버지를 돕는 동안만 사용한다는 조건으로 수많은 고난도 액션을 펼치는 데 사용했다가, 개발이 끝난 뒤로는 조용히 봉인해 두고 있었던 것이다.

그리고 내가 이 능력을 게임 속에서 사용하지 않았던 데는 단순히 그런 이유만 있는 것도 아니었다.

'이거… 사기니까.'

내가 내 몸을 마음껏 사용하는 것이 무슨 사기가 되겠느냐 하겠지만…….

게임 속 유저의 모션이나 스킬 모션 대부분은 내 움직임을 기반으로 만들어진 것들이었다. 그리고 그것들 대부분이 게임 속 효과 없이 순전히 내 몸의 능력만으로 만들어진 것들이다.

즉, 그 말은 내가 내 능력을 최대한으로 사용한다면, 이 게임 속에서 유저가 할 수 있는 모든 액션 동작을 구현할 수 있다는 의미와도 같았다.

일반적인 유저들은 그 움직임을 위해 직업 전용의 보조 스킬과 스탯이 필요한 반면, 나는 직업과 관계없이 마음만 먹으면 모든 차이를 극복하고 스킬 등을 흉내 낼 수 있었다.

물론 그렇다고 한들 스킬의 위력이나 효과를 모두 발휘하는 것은 무리일 테지만, 가상현실의 특성상 이것만으로도 충분히 밸런스 붕괴에 해당한다고 할 수 있다.

예전에도 말했다시피 나로선 아버지가 만든 게임에 문제를 만들고픈 마음도 없거니와, 개발자로서 밸런스 파괴에 앞장설 수는 없었기에 그간 쓰지 않았던 것이다.

하지만 그것도 여유가 있을 때의 얘기였다.

'아무리 그래도 그렇지, 여자 목소리에 놀라서 죽었다니 너무 자존심 상하잖아!'

이 능력을 쓴 것은 위기 상황에서 부지불식간에 튀어나온 것이기도 했지만, 정체를 알 수 없는 여자 목소리에 놀라 죽고 싶지 않다는 자존심의 문제이기도 했다.

내 능력이 모자라 죽었다면 모를까, 그런 한심한 이유라면 너무 억울하지 않겠는가?

'그래, 고작 한 번 쓴 건데……. 무슨 일이 있으려고?'

밸런스에 큰 영향을 줄 리도 없고, 이 몸만 보면 떠오르는 것이 있어 조금 찝찝하기는 했지만, 나는 낙천적으로 생각하며 자리를 털고 일어났다.

하지만 그때의 나는 몰랐다.

원래 처음이 어려울 뿐 한 번이 두 번이 되고, 두 번이 세 번이 된다는 것을, 하지 않을 것이었다면 애초에 시작하지 않는 것이 옳다는 것을, 차라리 아귀의 입속에서 죽었더라면 좋았을 것을……. 세상의 수많은 무언가의 중독자들이 나와 같다는 것을 말이다.

그리고 다시금 들려온 목소리로부터 찝찝한 익숙함을 느낀 순간, '그냥 얌전히 죽을걸' 하는 후회가 제일 먼저, 빛살처럼 빠르게 찾아왔다.

"아아앗! 벌써 깨어났잖아!"

"아가씨, 그냥 다른 몬스터를 잡죠. 어차피 저기 다른 유저들이 잡고 있는 것 같은데요."

"무슨 소리야! 내가 먼저 스턴 걸어놨던 거라고! 나는 스틸당한 입장이란 말이야!"

우리가 있는 반대편, 즉 아귀의 너머에서 들려오는 앙칼진 목소리는 예상했듯 아까 나를 멈추게 만들었던 목소리와 같은 목소리였다.

'그냥 멍 때리고 있는 게 아니라 상태 이상에 걸린 거였나.'

어쩐지… 그리 멀지 않은 곳에서 벨라가 그렇게 치열한 싸움을 하고 있는데, 자이언트 쉘처럼 외부의 기척에 민감한 몬스터가 아무런 반응이 없다는 것이 좀 이상하기는 했다.

'젠장… 이러면 좀 곤란한데…….'

목소리의 주인공을 만나자마자 덕분에 죽을 뻔했다며 잔뜩 쏘아줄 생각이었는데, 반대편에서 들려오는 대화를 들어보니 오히려 내가 스틸을 시도한 상황으로 보인다. 전세가 역전되었다고 할 수 있었다.

'RPG 게임에서 스틸은 중범죄……! 단순히 아이템과 경험치뿐 아니라 자존심까지 짓밟는 최악의 범죄 행위…….'

본디 스틸이라 함은 다른 유저의 몬스터나 아이템을 뺏는 것으로, 데이터 상으로 보자면 단순히 경험치와 아이템을 빼앗긴 것이다. 하지만 빼앗긴 입장에선 스틸한 대상이 자신을 '스틸 가능 대상'으로 보았다는, 아주 자존심 상하는 결론에 이르게 되기도 한다.

상대가 누군진 모르겠지만 내가 지금 당신을 호구로 봤다는, 그런 오해는 피하고 싶은 게 내 심정이었기에. 뭐라고 변명을 해야 할까 머리를 싸매던 찰나, 불쑥 내 자존심이 존재감을 드러냈다.

'아니지, 내가 왜 사과를 해? 나도 엄연히 피해자라고! 저 여자 때문에 죽다 살아났는데 말이야! 나야말로 사과 받아야 하는 거 아니야?'

어째서 그랬을까. 게임 속이기에 했다고 하기엔 평소와는 다른 생각이 온통 내 머릿속을 점령해 버린다.

상대에게 지지 말라고. 맞서 싸우고, 대항하라고!

자존심이 고개를 쳐들었다.

'그래! 내가 꿀릴 게 뭐 있어? 스턴을 걸 거면 제대로 걸기나 하든가! 그리고 먼저 대미지 넣는 쪽이 임자지, 멀리서 스턴만 걸면 다 자기 몬스터게? 나도 마비 가루 가져다가 맵에다 뿌리면, 젠 되는 몬스터가 몽땅 내 몬스터냐?'

무차별 효과를 주는 마비 독과 특정 몬스터를 대상으로 하는 스턴 스킬은 애시당초 비교 대상이 아니지만, 이 억지스러운 궤변에 나도 모르게 귀를 기울이기 시작하니, 어느새 머릿속이 그 생각으로 온통 가득 차 버렸다.

그리고 그것은 마치, 예전의 어떤 일과 닮은… 전혀 그립지 않은 누군가와의 만남을 떠올리게 했다.

"좋아, 간다!"

"응? 괜찮은 거야?"

내가 힘차게 외치자, 이런 모습이 처음이라 아직 상황 파악이 안 된 벨라가 나를 돌아보며 걱정해 왔다. 그러다 이내 내 두 눈에 가득 찬 기이한 열기를 보고 씨익 웃어 보이며 주먹을 불끈 쥐어 보이곤 말했다.

"응! 알겠어!"

"……?"

대체 뭘 알겠다는 건지는 잘 모르겠지만, 어쨌든 벨라의 반응이 긍정적이란 것에 적당히 만족하기로 했다. 나는 이내 괴로움에 몸부림치는 아귀의 머리를 기둥마냥 끼고 돌아, 반대편의 여자를 향해 걸어갔다.

그리고 때마침 마찬가지로 내가 있는 방향을 향해 오고 있던 그들과 마주칠 수 있었다.

"야, 너! 남이 잡으려고 한 몬스터를……!"

"이봐! 그렇게 소리를 지르……!"

마주치기 무섭게 서로를 향해 삿대질을 하며 목소리를 높이던 우리는 마주친 서로의 모습에 멈칫할 수밖에 없었다.

"…어?"

사삭―!

여자의 입에서 의문성이 나오기가 무섭게, 나는 아까의 위기 속에서 훌러덩 벗겨져 있던 로브의 후드를 재빨리 뒤집어썼지만… 여자의 입에서 흘러나오는 내 본명은 막을 수 없었다.

"박대로……?"

'젠장!'

어째서 깨닫지 못했을까.

날카롭고 앙칼진, 어쩐지 익숙한 고음.

그저 목소리를 듣고, 같은 자리에 있다는 것을 알았을 뿐임에도 저절로 솟구치는 투쟁심과 자존심.

저 풍성한 소라 모양 머리를 발견하기 전에 몸을 뺐어야만 했다고 생각하는 사이, 파티 사냥을 나온 것이 맞는지 의심이 가는 복장의 나여주가 자신을 태운 가마에서 폴짝 뛰어내렸다. 그러고는 내 후드 앞으로 머리를 디밀었다.

"박대로, 맞지?"

"사, 사람 잘못 보셨습니다."

"흐응……?"

두근두근두근두근.

저도 모르게 오랜만에 나오는 HY산 폰트의 목소리를 낸 나는 콧김이 닿을 만큼 가까이에서 후드 안쪽을 관찰하는 나여주 때문에 미친 듯이 뛰는 심장을 진정시켜야만 했다.

'젠장……. 여기에서까지 이 여자랑 엮이고 싶지 않아!'

근래에 저 여자 때문에 얼마나 스트레스를 받았던가.

비록 학교에서 거의 무시하고 지낸다고 하지만, 같은 반에서 수업을 듣는다는 것만으로도 충분히 신경 쓰이는 인물이었다.

안하무인격의 행동이야 나에게 피해가 오지 않는 이상 무시하면 된다고 하지만, 그간 몇 번 없던 마주침 모두가 안 좋은 기억인 만큼, 나에겐 그녀가 여기 있는 것 자체가 굉장히 불편한 일이었다.

특히나 열악한 환경 속에서도 내가 학교생활을 버틸 수 있었던 것은 이곳 리버스 라이프가 내 삶의 활력소가 되어준 덕분이다. 그런만큼 나의 즐거운 여가 시간에 이 여자가 개입하는 것만큼은 막고 싶었다.

'물론 케이안 숲에서의 일들이 모두 즐거웠던 것은 아니지만…….'

그럼에도 불구하고 액션 개발팀에 있으며 육체파로 개조된 몸은 혹사를 당하면서도 게임을 즐길 수 있게 해주었다.

'이대로는… 안 돼!'

학교에서 받은 스트레스를 게임을 통해 해소한다.

이 얼마나 건전하고 이상적인 게임 플레이 사유라는 말인가.

그런데 지금 그런 나의 유일한 스트레스 배출구가 위협에 직면해 있다. 자칫하다가는 게임 속에서마저 스트레스를 받게 생긴 것이다.

"흐으으으응?"

파르르르.

후드 안쪽을 파고드는 콧김에 나도 모르게 몸이 떨려왔다. 나는 흥미롭게 쳐다보는 나여주의 시선을 후드를 더 깊게 누르는 것으로 처리했다.

그러고는 그녀가 더 이상 나에게 집중하지 못하도록 목소리를 냈다.

"크흠… 이번에 제 실수로 불쾌하셨다면 죄송합니다. 이 몬스터는 이렇게 두고 갈 테니 그쪽이 잡도록 하세요. 그럼 저는 이만……."

그렇게 말하며 자연스럽게 몸을 돌리려던 그때.

나와 나여주의 사이로 정체를 알 수 없는 살점 하나가 떨어져 내렸다.

철푸덕—!

"……?"

"응……?"

고개를 돌리려던 찰나, 떨어진 난데없는 그것의 등장에 우리의 시선이 모인 그때. 이번엔 허공에서부터 수많은 살점과 진액, 피 따위가 쏟아져 내리기 시작했다.

"꺄아아악! 이게 뭐야!"

나여주는 곧장 차양막이 있는 가마 속으로 몸을 던졌고, 누가 봐도 학교에 따라오던 그 보디가드들로 보이는 검정 로브의 아저씨들이 재빨리 제 주인을 모셨다.

그리고 그때, 저 위쪽으로부터 벨라의 쾌활한 목소리가 들려왔다.

"제로, 이거 이 상태로 죽은 거 같아!"

퍼걱!

그렇게 말하며 다시 한 번 방패를 내려찍는 것으로 굳이 거대 아귀의 죽음을 확인시켜 주는 벨라를 보며 잠시 눈을 찌푸린 나는 문득, 기회가 왔음을 깨달았다.

'그래! 저 여자가 저기로 도망친 지금이 기회야!'

나는 후드로 얼굴을 최대한 가린 채 입술만 후드 밖으로 내밀어 말했다.

'벨. 라! 빨. 리. 도. 망. 가. 자!'

벨라가 말했다.

"으, 으응? 그, 그래도… 이렇게 사람들도 많은데……."

'얜 또 뭐라는 거야!'

왠지 모르겠지만 얼굴을 붉히며 어물거리는 벨라였다. 그 모습을 보며 나는 답답한 마음에 최대한 입술을 내밀고 다시 한 번 말했다.

쭈욱—

'도. 망. 가. 자!'

그러자 이번엔 내 입술을 보며 잠시 고민하는 듯, 망설이던 벨라가 이번엔 살짝 눈을 감더니, 내 쪽을 보고 입술을 쭉 내밀어 오물거렸다.

"움~ 쭈쭈쭈!"

심지어 기괴한 소리까지 내는 벨라의 삐죽 튀어나온 입술을 보며, 나는 결국 버럭 소리치고야 말았다.

"뭐야, 그건 또!"

벨라는 입술을 내민 그대로 눈만 동그랗게 뜨고 나에게 물었다.

"뽀뽀……?"

"그걸 이 상황에서 내가 왜 해! 그것도 너랑!"

"엑? 나랑은 안 해……?"

어째서일까. 벨라는 충격 받은 표정으로 아귀의 시체에 걸터 앉아 버렸다.

그 모습에 일이 틀어졌음을 느낀 내가 혹시나 하는 마음으로 나여주 쪽을 돌아봤을 때, 그녀는 이미 보디가드들에게 앞에 떨어진 것들을 치우게 한 뒤 가마를 타고 다시 다가오고 있었다.

"뭘 하려고 했는지는 모르겠지만… 덕분에 내가 점찍어 놓은 몬스터가 죽어 버렸네?"

'젠장!'

음흉한 표정을 지은 채 다가오는 나여주의 모습에 일순 퀘스트고 뭐고 간에 일단 튀고 볼까 생각했지만, 이런 척박한 필드에서도 여유로운 모습의 나여주와 보디가드들을 보건대 그들을 뿌리치고 도망칠 수 있을 것 같지는 않았다.

'일단은 최대한 속여 넘기는 방향으로……!'

어떻게든 이 자리를 벗어나고자 최대한 머리를 굴리던 그때, 다시 한 번 머리 위쪽에서 벨라의 목소리와 함께 어딘가 꽤 익숙한 소리가 울려 퍼졌다.

"어떻게 소녀의 순정을 가지고 놀 수가 있어어어엇!"

슈우우웅— 투콰!

'주, 죽을 뻔했다.'

목소리와 함께 들려온 것이 벨라가 싸울 때마다 울려 퍼지던, 방패가 바람을 가르는 소리였다는 것을 알아차리지 못했다면 틀림없이 죽었을 것이다.

나는 방패와 함께 바닥에 착지한 벨라를 향해 소리쳤다.

"죽을 뻔했잖아! 가디언이 주인한테 이래도 되는 거냐!"

말하고 보니 가디언의 공격에 주인은 죽지 않는다는 것이 떠올랐다. 하나 그렇다고 한들 방패로 때릴 때의 고통은 그대로 느껴질 테고, 그게 죽을 만큼 아플 거라는 것은 굳이 겪어보지 않아도 알 수 있는 일이었다.

그때, 귓가로 달갑지 않은 목소리가 들려왔다.

"호오? 꽤 익숙한 목소리인걸?"

'몇 번이나 들어봤다고 익숙하대!'

물론 학교에서는 그녀와 대화하는 사람은 물론, 가까이 가는 사람조차 별로 없으니 어찌 보면 내가 그녀와 가장 많은 대화를 한 사람일지도 모르겠다는 생각이 들었지만… 나로선 어떻게든 부인해야만 했다.

"그, 그러니까… 이건… 너무 놀라서! 목소리가 갈라진 거니까……."

갈라진 것이라기엔 앞서의 엠페러 성대모사에 비해 지나치게 잘 어울리는, 평범한 남성의 목소리였다. 하지만 정말로 놀라서 엠페러 목소리를 따라하는 것을 완전히 잊어버렸던 나로선 마땅히 내세울 만한 말이 없었다.

그렇게 나와 나여주가 약간의 간격을 두고 대치하는 사이, 아주 잠시 잠깐 잊혀졌던 존재가 모래 구덩이 속에서 몸을 일으켰다.

~~우수수수~~

"제로, 이 여자는 누구야?"

"으, 응?"

"아항~ 여기서 이름은 제로야? 푸후훗! 귀엽네?"

"놀림 받는 것은 회사에서로 충분하거든!"

한창 팔에서 흑염룡이 끓어오르던 시기에 아버지가 직접 만들어준 닉네임은… 몇 살 나이를 더 먹은 뒤부터 나에게 있어 줄곧 콤플렉스였는지라 나는 저절로 발끈하고야 말았다.

"으응? 회사?"

'아차, 되도록 이런 말은 안 하는 게 좋은데.'

딱히 아버지가 나에게 글로리아 컴퍼니에 대해 말하지 말라고 한 것은 아니었지만, 근래에 가장 큰 주목을 받는 것이 글로리아 컴퍼니의 리버스 라이프다. 조용한 학교생활을 원하는 나는 될 수 있는 한 이 사실을 말하지 않고 다녔다.

이런 나의 침묵 덕분인지, 명문 학교에 느닷없이 편입하게 된 나의 배경이 엄청날 것이라는 소문이 마구 퍼져 나가게 되었다. 하지만 덕분에 선생님이나 학교, 다른 학생들도 되도록 내 가족사에 대해서는 관심을 두지 않아 편하게 됐으니 그냥 두고 있던 참이다.

그런데 이런 곳에서 말실수를 하다니.

이 역시도 어떻게든 얼버무려야만 했다.

"응? 회사? 흐으응?"

'…혼란스러워한다?'

어째선지 고개를 갸웃거리는 나여주를 보며 왜 그런가에 대해 잠시 생각을 하던 나는, 이내 그녀가 현실의 박대로와 회사라는 단어를 매치하지 못하고 있다는 사실을 깨달았다.

현실의 박대로는 자신의 개인 정보에 관해 이름과 나이를 제외하고는 철두철미하게 관리하고 있는, 심지어 선생님에게조차도 제대로 이야기를 하지 않는, 그야말로 베일에 감싸인 학생이다.

그런데 그런 사람이 아무리 게임 속이라곤 하나, 이렇게 쉽게 단서가 될 법한 말을 흘렸다는 것에 혼란스러워하는 모양이었다.

'이거 어쩌면… 써먹을 수 있겠는데?'

최악의 경우 나의 정체는 물론 아버지와 관련한 이야기가 동시에 밝혀질 수도 있는 위험한 일이지만, 그저 목소리가 닮은 학생 박대로와 유저 제로, 두 명을 각각 연기할 수만 있다면 완벽한 계획이라고 할 수 있다.

'어떤 방식으로 하는게 좋을까? 회사에 대해 정보를 좀 흘려? 아니면 내가 직접 회사를 다니는 척? 사회인으로 위장을 할까?'

그렇게 내가 학생 박대로와 완전히 다른 새로운 사람을 구상하던 그때, 나여주는 새하얀 손으로 턱을 쓸며 고민했다.

'으응? 이상하다? 제로……? 귀여운데? 왜 회사에서 놀리지? 회사에서 위치가 어떤데 놀린다는 거야? 자기 아빠가 놀리는 걸까? 어차피 엄마나 아빠 회사일 건데, 일반 직원들이 놀릴 리는 없을 거 아냐?'

남들과는 귀여움의 포인트가 조금 다를 뿐 아니라, 회사의 모든 사람들은 자신에게 고개를 숙인다는 상식을 가진 재벌가 아가씨의 한계였다.

그리고 그 사이에 완전히 몸을 일으킨 벨라는…….

'나… 소외 받는 기분인데? 히잉.'

무서운 분노 속에 강렬한 기세를 뿜으며 등장했건만, 아무도 관심을 주지 않는 상황에 조금 침울해지고 말았다.

푸슥! 푸스스슥!

대로와 벨라, 그리고 나여주 일행이 각자의 생각으로 한 자리에 멈춰 서 있던 그때.

그들이 모인 아귀의 시체 반대편에선 메마른 모래사막에 어울리지 않는 습기 찬 흙더미가 새하얀 모래를 뚫고 솟아오르기 시작했다.

푸스슥! 푸슥!

아주 작은 동심원을 그리며……. 마치 알을 깨고 나오는 아기 새처럼 조금씩 모습을 드러낸 그것의 일부가 태양 앞에 드러난 순간!

쿠릉— 쿠르르릉!

사아아악—

느리게… 아주 느리게…….

세상이 어둠으로 채워져 갔다.

Chapter 3

왜 여기 있냐

사이아이아악—

뜨겁기만 하던 공기가 급격히 서늘해지고, 맑던 하늘에 느닷없는 먹구름이 어둠을 드리웠다. 구름 그림자에 가려 온통 어둠으로 덧칠된 세상이었지만, 어둠은 자비롭게도 영역을 비틀어 몸을 떠는 미물들을 향해 빛을 흩뿌렸다.

쿠르르릉! 쿠르르릉! 꽈광!

천둥 번개가 어두운 하늘 위에 한 줄기 빛으로 남아 주변을 밝게 비추고, 대지의 만물이 어둠과 빛의 조화에 눈을 돌린 바로 그 순간.

키에에엑!

끼이익!

펠라로 윅스 해변의 모든 몬스터들이 숨죽여 머리를 바닥에 부볐다.

제대로 팔다리가 없는 해양 몬스터로서 취할 수 있는 최대의 경배의 행위.

그들은 자신들의 왕이 깨어났음에 두려워하고, 또 기뻐했다.

동시에 펠라로 윅스 곳곳에서 이들과 싸우던 인간들이 탄성을 질렀다. 심상치 않은 분위기와 몬스터를 강하게 하는 어둠이 내렸건만, 그것은 의외로 기쁨의 탄성이었다.

"으하하하핫! 파운딩 스매셔!"

"으아아아! 데맛씨아아아!"

퍼걱!

퍼퍼펑퍼펑!

"누군지 몰라도 또 보스 깨웠다! 빨리! 걔들 보스한테 전멸해서 보스 돌아가기 전에 최대한 많이 잡아!"

"길어야 1분 내로 끝나니까 말이야!"

그렇다. 그들에게 있어 보스의 탄생은 그 잡기 어려운 몬스터들을 손쉽게 잡을 수 있는 시간.

바닥에 납작 엎드린 몬스터들을 상대로 그들은 거리낄 게 없었다.

그리고… 희망도 없었다.

어차피 보스한테 다 전멸하고, 누군지 모를 그 파티도 곧 자신들처럼 누군가 또 보스를 깨워주기를 기다리게 될 것이라 믿어 의심치 않았다. 또한 그들 자신도 49번째 몬스터와 함께 전멸하게 되리라. 그렇게 생각했다.

벨라로 웍스의 대지에 발을 딛고 선 그들에게 있어 보스의 탄생이란… 그런 의미였다.

"으에엑! 이게 뭐야!"

같은 시간, 아귀의 시체를 놓고 미묘한 긴장 속에 시간을 보내던 우리들 사이로 불쑥 끈적한 점액질이 다가왔다.

질퍽―!

"꺄아아악! 더러워! 오지 마!"

본인은 가마 위에 있으면서도 나여주는 흘러드는 검은 점액질의 모습에 연신 비명을 질러 댔다. 그 모습에 내가 한심하다는 듯 한숨을 쉬는 사이, 나여주의 보디가드들 사이에서 작은 웅성임과 함께 이 상황을 설명하는 한마디가 흘러나왔다.

"보스……!"

"…설마 이게 마지막이었던 건가?"

어쩐지 몬스터 한 마리에 필사적이다 싶더니만, 아마도 조금 전 죽은 이 거대 아귀가 나여주 파티의 마지막 49번째 몬스터였던 듯싶었다.

물론 잡은 것은 전적으로 벨라였지만 어쨌거나 선공을 했던 것은 나여주였고, 내가 벨라에 의해 퀘스트 카운트가 체크되는 것처럼, 그들 역시 마지막 퀘스트 카운트가 채워지며 보스 몬스터가 소환된 것이었다.

'젠장… 타이밍이 너무 안 좋잖아!'

애초에 오늘 내로 보스 몬스터를 잡을 생각이긴 했지만, 그것은 충분한 계획과 준비가 있은 뒤의 일이었지, 이렇게 갑작스러운 일이 아니었다.

'게다가 나랑 벨라가 소환한 보스가 아니니… 이걸로 퀘스트 진행이 될지도 의문이고…….'

물론 제물이 되는 마지막 몬스터를 벨라가 잡았다곤 하지만, 설령 이대로 보스 몬스터를 잡는 데 성공한다 해도 우리가 가진 퀘스트의 효과로 불러낸 것이 아닌 탓에 퀘스트 진행이 안 될 가능성도 있었다.

'역시 도망쳐야겠지?'

거기에 운 좋게도 나여주는 주변을 가득 채워 나가는 점액질의 모습에 혼비백산하여 물러서고 있으니, 이대로 떠나서 영영 마주치지 않는 것도 좋은 방법일 듯싶었다.

'그럼 바로 떠나볼까?'

나는 여전히 무시무시한 기세를 뿜고 있긴 하지만, 불안한 눈망울로 주변의 눈치를 살피는 벨라의 손목을 살짝 잡아끌었다.

그러자 벨라가 흠칫 놀라며 격한 반응을 보였다.

"이, 이거 놔!"

"뭐야, 왜 그래?"

"뭐? 왜 그래?"

조금 전까지 혼란스럽기만 하던 벨라의 시선이 나를 향했다. 어느새 그 동그란 눈동자엔 분노가 가득 차 있었기에 나는 저도 모르게 주춤 뒤로 물러나야만 했다.

"벨라, 왜 그래? 응? 화났어? 내, 내가 다 잘못했어."

벨라의 분위기에 자동으로 저자세가 되어 싹싹 비는 내 모습은 묘사가 필요 없는 전형적인 기죽어 사는 남자의 모습이었지만… 벨라의 눈에는 그조차 마음에 안 드는 듯싶었다.

"미안해, 내가 잘못했어."

"뭘 잘못했는데!"

"으응? 그, 그야… 뭐든 내가 다 잘못했지."

"거봐! 모르잖아!"

"그게… 기분 나쁘게 해서 미안해."

"뭐가 기분 나쁘게 한 건데! 뭐가 미안한데!"

"아니… 뭔지 잘 모르지만 미안해……."

"하! 제로는 그게 문제야!"

그렇게 어디선가 들어본 듯한 레퍼토리가 진행되는 동안, 점액질로 덮여가는 모래사장에서 벗어나 어느새 정신을 차린 나여주는 아침 드라마를 진행 중인 우리를 보며 외쳤다.

"뭐해! 빨리 빠져나와!"

"헛, 맞다!"

"에엑! 끈적거려!"

그때서야 퍼뜩 정신을 차린 우리가 허겁지겁 점액질 대지를 벗어나는 사이, 거대 아귀의 뒤로 솟구치는 더욱 거대한 그림자가 있었다.

"히에에엑! 저게 뭐야악!"

까무러칠 듯 비명을 지르는 나여주의 목소리에 나도 모르게 뒤를 향해 고개를 돌렸다.

그곳에는 동산만큼 솟구친 점액질이 마치 가로로 쪼개지듯 틈을 벌려, 그 무저갱과 같은 틈새로 덥석, 아귀의 시체를 먹어치우는 잔혹한 모습이 있었다.

그 지극히 비현실적인 모습에서 직감적으로 이곳에 더 이상 오래 머물렀다가는 다음에 먹히는 것이 우리가 될 것이란 것을 알 수 있었다.

"벨라! 더 빨리 뛰어! 더 빨리!"

"에엑? 나 이미 전력 질준데……."

그렇게 말하며 나와 조금씩 거리가 벌어지는 벨라였지만, 나는 애써 무시하고 달렸다.

상대가 보스긴 하지만… 보스의 상대는 벨라가 아니던가. 벨라라면 어떻게든 할 수 있으리라.

점액질의 효과인지 평소보다 훨씬 느리게 뛰고 있는 우리는 그야말로 엉금엉금 달린다는 표현이 어울리는 모습이었다. 하지만 다행히 나는 가죽 워커의 보정 효과와 생존 본능 스킬의 도주 버프로 보스 몬스터와 어느 정도 거리를 벌릴 수 있었다.

그리고 그럴수록 벨라와의 거리는 더욱 멀어져만 갔다.

턱!

얼마나 달렸던 것일까. 그리 길지 않은 시간이 지났을 무렵, 내 발은 드디어 점액질 대지를 벗어나 모래에 닿았다. 살았다는 기쁨에 환호하려는 찰나, 나는 어쩐지 허전한 느낌에 뒤를 돌아봤다.

"제, 제로……!"

"벨라!"

어떻게든 도망쳐 나온 나와 달리 아무런 보정 없이 근력만으로 달려야 해서 아직도 점액질 대지의 한가운데에 있는 벨라는… 어쩐지 힘이 없어 보였다.

〔가디언의 스태미너가 낮습니다.〕

'설마……!'

귓가를 스치는 시스템의 경고음에 눈을 부릅뜨고 벨라와 다시 눈을 마주쳤을 때, 벨라는 목소리를 낼 힘조차 잃은 듯, 입 모양으로 내게 말했다.

'도망가.'

쵸아아악!

그리고… 그게 끝이었다.

"벨라아아아아!"

나와 벨라 가운데 놓인 점액질의 대지에서 예의 그 거대한 점액질의 동산은 마치 파도치는 듯 울렁거리며 솟구쳐 올라 벨라를 집어삼켰고, 이내 그 어디에서도 벨라의 하얀 로브 자락을 찾아 볼 수가 없었다.

풀썩.

힘이 풀려 주저앉자, 머릿속으로 많은 상념이 떠올랐다.

'나는… 나는…….'

벨라라면 무적이라고 생각해 왔다.

케이안 숲에서 그녀는 엠페러를 포함한 어떤 몬스터 앞에서도 약한 모습을 보인 적이 없다. 내가 위기에 처하면 언제고 나타나 몸을 사리지 않고 적을 처리해 주었다.

그것은 호의였고, 자신보다 한참이나 약한 인간을 위한 배려였다.

우리의 모험이 시작되고, 동시에 벨라가 나의 가디언이 되었을 무렵, 그것은 당연한 일이 되어 있었다. 그것은 그녀의 역할이었고, 방패를 쥔 엘프 전사로서의 일이었다.

그러한 일에, 그런 상황에 익숙해진 나는 그게 얼마나 위험하고 고마운 일인지 잊어버리고 말았다.

벨라라면, 벨라니까 괜찮을 거라고, 막연한 기대와 책임을 그녀에게 덧씌우고 있었다. 싸움 그 자체가 만드는 피로를… 벨라와 엠페러라는 강력한 힘을 쥔 탓에 잊고 말았다.

'내가 조금만 더 신중했더라면… 아니, 조금만 욕심을 버렸더라면.'

내 즐거움을 위해, 벨라를 혹사시키고 있음을 알면서도 애써 부정했다. 벨라가 사라지고서야 내가 무슨 짓을 했는지 깨달을 수 있었다.

'나는……!'

촤아아악—

새카만 점액질 속을 헤치고 불쑥 솟아오른 벨라의 방패가 유난히 돋보였다.

천천히 품에서 금빛 엄니를 꺼내든 내 귓가에 잠시 잊고 있던 목소리가 들려왔다.

"더 냉정해야 하는 거 아니야?"

"…나는 충분히 냉정해."

"흐응… 내가 보기엔 그냥 열 받은 멍청이로 보이는데."

"네가 뭘 안다고!"

고개를 돌려 나여주를 노려보자, 그곳엔 차가운 눈으로 나를 내려다보는 그녀가 있었다.

조금 전까지 내 정체를 가지고 놀리며 장난치던 치기 어린 모습은 완전히 사라진, 싸늘하게만 보이는 모습. 내가 흠칫 물러설 무렵, 다시 나여주의 입이 열렸다.

"하암~ 엄청 애절하네."

한심하다는 듯 하품까지 쩍쩍해 가며 말하는 그녀의 말에 내심 발끈했지만, 내색하지는 않았다. 당장 보스 몬스터를 상대해야 하는 이상, 체력이든 심력이든 조금의 손해도 있어서는 안 되니 말이다.

하지만 그녀는 그리 쉽게 나를 놔주지 않았다.

"너 고작 NPC에 너무 몰입하는 거 아니야?"

나여주는 무언가 마음에 안 든다는 듯 말했다. 나는 다시금 부릅뜬 눈으로 그녀를 노려봤다.

"뭐야, 왜 그렇게 봐? 내 말이 틀렸어? 너 게임 중독 아니야?"

더 이상 이전의 모습을 찾아볼 수 없는 냉막한 태도였다. 그녀의 눈은 단순히 사람을 내려다보는 눈이 아닌, 밑바닥을 기는 하찮은 벌레를 보는 눈이 되어 있었다.

"이쯤 말했으면 당연히 알아들었을 줄 알았는데……. 뭐야, 완전 별거 아니었네. 괜히 이런 거에 신경 써서 나만 손해

봤어.”

“아가씨…….”

조금 익숙한 목소리의 보디가드 하나가 슬쩍 그녀를 불렀지만, 이를 가볍게 무시한 나여주는 익숙한 듯 말을 이었다.

“나한테 그렇게 대들고, 우리 집안까지 들먹이길래… 눈여겨볼 만한 녀석인가 싶었는데. 이건 그냥 뭣도 모르는 철없는 애였잖아.”

나를 내려다보며 말하는 그녀의 모습은 마치 중세 시대의 귀족이 이러했을까 하는 생각이 들만큼 자연스럽고, 또 위압적이었다.

그리고… 나는 그 모습이 진절머리가 나게 싫었다.

위에서부터 아래로 깔아보는 위압적인 눈빛. DNA에 새겨져 있는 듯한 그들 특유의 고압적인 자세.

달면 삼키고 쓰면 뱉고, 단물이 빠지면 쉽사리 내버리는 그들의 태도.

나는 이런 것이 싫었다. 여태까지의 재미있는 장난감을 보는 듯한 시선도 그랬지만, 자신의 기대 이하라는 것을 알게 되자마자 실망한 듯 돌아서서 조소하는 태도는 정말 전형적인 모습이었다.

내가 가장 싫어하는 부류의 모습. 그녀의 태도는 일전에 짧게나마 괜찮은 인물일지도 모른다고 생각한 내 평가를 철회하게 만들었다.

나여주 역시도 흥미가 식었다는 듯 내게 냉담하긴 마찬가지였다.

"겨우 게임 같은 걸 하면서 이렇게 열을 내다니……. 정통 있는 가문은 아닌가 보지?"

"무슨 소리냐."

"글쎄, 무슨 소릴까? 네가 진짜 '우리' 부류의 인물이라면, 공과 사를 철저히 구분하도록 배웠을 거란 말이지. 아무리 성격이 비뚤어졌다고 하더라도, 우리는 그러지 않도록 교육 받았으니까. 그런데… 너는 아무래도 나랑은 다른 부류인 거 같네."

으드득.

그래, 그것은 맞는 말이었다.

실제로도 나는 철저하게 아주 어릴 적부터 훈련 받았고, 불과 몇 년 전까지만 해도 그녀처럼 행동하는 것이 당연한 삶을 살았다.

하지만… 지금은 다르다.

내가 지금의 아버지를 만난 그날, 오래도록 가슴속에 감춰 둔 모든 것을 쏟아내던 그날. 나는 나를 잡아놓던 모든 것들을 쏟아내었다.

나를 얽매어 오던 그 이상한 규범을 버렸다. 그들의 속박에서 영원토록 벗어나게 되었다.

그렇게 텅 비우고 나서야 진짜 세상에 대해 새롭게 배웠고, 새롭게 익혀 나갔고, 마침내 지금의 내가 될 수 있었다.

지금의 나는 예전과 다른 것으로 가득 차 있는 새로운 사람이다.

'내가… 이 녀석을 왜 싫어하는지 알 것 같군.'

처음 학교에서 마주친 순간부터 느껴지던 알 수 없는 반항감과 적의, 뭐라고 표현하기 힘든 간질간질한 그 감정의 정체가 무엇인지 깨달았다.

'동족 혐오.'

옛날의 나를 떠올리게 하는 그녀의 태도.

모든 것의 위에 내가 있고, 주변의 모든 것들은 나를 위해 존재한다는 안하무인의 성격.

지금 그녀를 가득 채우고 있는 모든 것들은 그 옛날 내가 고수하고 가지고 있던 최고의 가치이자, 지금에 와선 행여 공짜로 준다고 한들 쓰레기통에 처박아 버리고 말, 추악한 과거의 편린이었다.

하지만 덕분에 나는 그녀를 이해할 수 있었다.

그녀를 옛날의 나로 이해하자, 그녀가 하고 있을 생각을, 그녀가 느끼고 있을 기분을 속속들이 알 수 있었다.

그 모든 것들이 옛날의 내가 하던 생각이고 느끼던 것들이기에, 나는 그녀를 낱낱이 파악할 수 있었다.

그리고 나는 그녀에게 연민을 느꼈다.

그토록 싫어하던 나여주지만, 나여주라는 한 인간이 가진 것들과 그것이 내포한 거대한 결함을 파악한 순간, 자신이 가진 것을 진리로 알고 그렇게 알도록 배운 그녀가 불쌍해졌다.

불타오르던 두 눈이 차갑게 식고, 나여주를 노려보던 시선에 차분함이 깃들었다.

"뭐… 좋을 대로 생각해."

"…뭐?"

내 반응이 의외였을까?

반문하는 그녀를 두고 나는 돌아섰다.

쏴아아아—

어느새 하늘에선 이 부정형(不定形)의 괴생물체가 불러온 먹구름으로부터 거센 장대비가 쏟아지기 시작했다.

빗줄기 속에서 문드러지듯 점액질의 대지를 넓혀가는 몬스터를 보면서, 나는 쥐고 있던 금빛 엄니를 역수로 쥐고 어깨를 매만졌다.

뿌득.

어깨와 팔로부터 들려오는, 본능을 자극하는 불쾌한 소리와 아릿한 통증이 빗줄기에 식어가던 몸을 다시 데워 나갔다.

옛날의 나를 채우던 것들을 모두 버렸다고 생각했음에도, 버릴 수가 없던 유일한 옛 것이 내 몸을 일깨웠다.

내 몸에서 난 기분 나쁜 소리에 잔뜩 인상을 찌푸리던 나여주는 그 표정 그대로 외쳤다.

"가봐야 죽을 게 빤해! 그런데도 갈 거야?"

"……."

여전히 가마 위에서 나를 내려다보는 나여주.

그녀의 눈에는 어느새 혼란이 가득했다.

그녀로선 내 행동을 이해할 수 없을 것이다. 차갑게 고정되어 있던 눈동자가 잘게 떨려왔다.

조용히 그녀와 눈을 마주친 나는 작게 웃어 보이며 뇌까렸다.

"아직 어리네."

"…뭐?"

빗소리 사이로 녹아들듯 사라진 내 목소리를 듣지 못한 나여주가 되물었지만, 나는 다시 그녀를 돌아보지 않았다.

이제 시야에 들어오는 것은 오직 저 괴물뿐.

지금부터는 저것만을 이 두 눈에 담는다 해도 부족할지 모른다.

사—아아악!

금빛 엄니가 빗줄기를 갈랐다.

호로록, 가르르르륵—

"부장님."

꿀꺽.

손에 들린 커피를 양껏 입에 머금고 가글을 하던 박중혁 부장이 대답했다.

"어, 왜."

"이번에 펠라로 윅스 쪽 말입니다. 저번에 재화가 너무 집중된다고 해변 이용 못하게 하라고 하셨던 곳이요."

"어, 잘 막았더만. 왜."

"보스 몬스터가 나왔습니다."

"그거야 매일 있던 일이고."

아무리 펠라로 윅스의 몬스터 레벨이 높고 잡기 까다롭다곤 하지만, 그곳에 모인 유저들의 숫자를 생각하면 몬스터를 잡는 데 부족함이 없다. 뿐만 아니라 아이템 획득이 없을 뿐, 경험치는 계속 얻는 이상 유저들은 꾸준히 강해지기 때문에 보스 몬스터의 등장 횟수는 점점 늘어났다.

다만, 보스 몬스터를 기존 몬스터들에 비해 터무니없이 강하게 설정해 놔서 그 누구도 퀘스트를 클리어하지 못했을 뿐.

"그거야 그렇긴 한데……. 오늘은 평소랑 좀 달라서요."

"왜, 뭔데? 질질 끌지 말고 빨리 말해 봐."

리버스 라이프가 정식 오픈한 지 고작 몇 달이 지난 현재, 선진 기술 개발 과학부라고 쓰고 운영 개발 총괄팀이라고 읽는 이곳은 그나마 부장인 박중혁 주변이 조금 한산할 뿐, 그 외 사람들은 전쟁 영화의 한 대목을 방불케 할 만큼 바빴다. 지금 박중혁 앞에 보고를 하러 온 사람 역시 그런 이들 중 한 명으로, 평소라면 잽싸게 할 말만 하고 제자리로 돌아갔을 것이다.

"크흠… 그게, 지금 그거 잡고 있는 게… 제로거든요?"

"응? 제로? 뭔데, 그게."

"아, 그 왜… 저희 꼬맹이 있지 않습니까."

"아, 우리 꼬맹이? 우리 꼬맹이가 거길 갔어? 그건 좀 귀찮은데……. 아니, 그보다 잠깐! 왜 '저희' 꼬맹이야? '내' 꼬맹이지!"

엄연히 제로라는 닉네임과 박대로라는 이름이 있건만, 이곳 글로리아 컴퍼니 내에서는 꼬맹이로 통하는 대로였다.

"아이 참, 부장님도. 그거 어디 부장님 혼자 키웠습니까? 우리가 다 같이 짜장면이랑 피자랑 햄버거 먹여서 키운 거지."

"암마, 그래도 탕수육은 맨날 내가……!"

"아, 부장님. 그런 것보다 그 꼬맹이가 지금 보스를 잡고 있는데……."

"상사가 말을 하는 중에 끊어? 야 이……!"

"거의 다 잡았습니다."

"…뭐?"

워낙 충격적인 소식이었던 탓일까? 한창 부하 직원을 향해 열을 내던 박중혁 부장이 멈칫했다.

그사이 기세를 탄 부하 직원은 재빨리 박중혁 부장 앞의 모니터를 조작했다.

"직접 보세요. 완전 사기캡니다."

온통 알 수 없는 글들로 가득하던 박중혁 부장의 컴퓨터 화면 위로, 리버스 라이프의 게임 속 모습을 현실 시간 배율로 조절한 영상이 흘러나오기 시작했다.

◈ ◈ ◈

〔아크로바틱 (유니크)〕

현란하고 기괴한 동작으로 적을 혼란시키고, 적의 공격을 회피한다. 높은 수준에 이를수록 회피 보너스가 가중되며, 시전 중 치명타 확률이 증가한다.

분류 : 공통

회피 확률 : 10%

치명타 확률 : 10%

〔히트 앤 런 (레어)〕

공격 직후 회피 확률이 증가한다. 회피 성공 후 재공격

시 치명타 확률이 증가한다.

분류 : 공통

회피 확률 : 5%

치명타 확률 : 5%

이 점액질 괴물, 보스와의 일전 중에 생겨난 나의 새로운 스킬이었다.

아크로바틱은 유니크급의 스킬로, 지금 막 생겼음에도 불구하고 회피 확률과 치명타 확률을 10%씩이나 올려주는 엄청난 스킬이었다. 같이 생겨난 히트 앤 런도 무난하고 평범하기 짝이 없는 이름인데 반해 놀랍게도 레어씩이나 된다. 유니크 스킬인 아크로바틱의 절반에 해당하는 효과를 내는 스킬이었다.

물론 이 두 스킬 모두 스킬 유지나 사용에 있어 까다로운 조건을 갖고 있었지만… 최소한 지금의 나랑은 상관없는 이야기다.

슈파아아앙!

후욱!

빗줄기를 뚫고 창처럼 찔러 들어오는 점액 괴물의 날카로운 촉수를 허공에서 몸을 굽혀 피해내자, 스킬 효과가 발동했다는 시스템 알림이 들려왔다.

〔아크로바틱의 효과가 발동합니다.〕

〔히트 앤 런의 효과가 발동합니다.〕

'젠장, 이 싸움 끝나면 이 알림 소리 좀 조절해야지.'

까다로운 스킬의 발동 조건을 만족시켰음에도 불구하고, 시스템 알림을 듣는 나는 눈살만 찌푸렸다.

그도 그럴 것이 싸움이 시작되고 몸을 적극적으로 사용하기 시작하자마자, 스킬들이 생겨나더니 싸우는 내내 시스템 메시지를 띄우고 있기 때문이다.

퍼억!

〔히트 앤 런의 효과가 발동합니다.〕

〔크리티컬 히트!〕

금빛 엄니로 요격하려 오던 촉수를 깔끔하게 베어낸 뒤, 나는 여전한 알림음에 다시 한 번 인상을 썼다가 이내 상황을 받아들였다.

'그래, 그나마 이 스킬들이 없었으면 정말 1분도 못 버텼을 테니까…….'

회피율과 치명타 확률이 대폭 증가하는 이 두 스킬의 효과는 계속해서 곡예와 같은 동작으로 회피와 공격을 진행해야만 효과가 발동하는, 뛰어난 효과만큼이나 유지가 어려운 스킬이었다.

하지만 평범한 사람의 상식을 벗어난 내 움직임을 모두 아크로바틱으로 인식하는 것인지, 스킬의 효과가 상시 발동하고 있었다.

게다가…….

'설마 내 재능이 이런 곳에서 빛을 발할 줄이야.'

그동안 쓰레기라고만 취급해 왔던 나의 재능, 잡학다식.

그 이름조차 박학다식(博學多識)이 아닌 잡학다식(雜學多識)으로, 전문 스킬이 아닌 공통 스킬에 해당하는 스킬이라면 그 효과를 다섯 배로 뻥튀기해 주는 기괴망측한 재능이다.

아무리 잘 써 본다고 해야 기본기를 마스터하여 평균 공격력을 올리는 정도의 용도밖에는 떠오르지 않았던 이 재능이, 새로운 스킬을 만나자 히든 캐릭터의 특수 재능으로서 꽃을 피운 것이다.

'어쩐지……. 아까 도망칠 때도 벨라랑 차이가 많이 났었지.'

생존 본능 스킬의 효과를 받아 도망칠 때, 장비 차이가 있다지만 벨라와의 거리 차이가 상당하다고 느꼈는데 아마 잡학다식의 효과도 있었나 보다.

다만 스킬 창에는 스킬이 효과를 발휘하는 중이 아니면 나타나지 않기에 몰랐을 뿐.

'스킬의 수치 자체를 다섯 배로 만든다라…….'

지금 발동되고 있는 스킬은 아크로바틱과 히트 앤 런.

이 두 스킬은 모두 회피율과 치명타 확률을 증가시켜 주고,

동시 발동 시 수치가 합산되어 15%의 상승률을 가지도록 되어 있다.

하지만 지금… 내 재능인 잡학다식의 효과를 받은 이 두 스킬이 가지는 적용 수치의 합은 총 75%.

기존 15%에 다섯 배에 해당하는 수치다.

'거기에 스탯 창에 표기되지 않는 유저 공통의 기본 회피율과 치명타 확률인 5%씩을 합하면… 현재 내가 받고 있는 효과는 최종 80%!'

회피율 80%, 치명타 확률 80%.

그야말로 사기라고밖엔 할 수가 없다.

이 말인즉, 어떤 공격이든 피하는 시늉만 해도 열에 여덟은 대미지를 입지 않고, 방패 위에 칼을 휘둘러도 열 대에 여덟 대씩은 크리티컬이 터진다는 의미다.

물리 법칙에 따른 효과 탓에 맞으면 밀려나고, 때려도 대미지가 크지 않다곤 하지만……. 어쨌거나 상대의 체력을 깎아내고 나는 대미지를 입지 않으면 결국 이기게 되는 것이 게임이다. 진정 사기나 다름없는 능력이었다.

'물론 이런 걸 예상하고 만든 스킬이랑 재능은 아닐 테지만.'

애당초 아크로바틱과 히트 앤 런은 특정 상황과 조건이 맞아야 발동하는 패시브 스킬이다. 보통의 싸움이었다면 이 스킬들을 가지고 있대도 큰 효과를 보기 힘들었을 것이다.

하지만 압도적인 관절의 가용 범위를 가진 내 몸은 시스템이 판단하기에는 서 있는 것조차 아크로바틱 그 자체다. 아크로바틱의 효과로 회피율 55%를 가진 몸뚱이는 피하려는 몸짓만 해도 절반의 확률로 히트 앤 런이 발동했다.

'덕택에 이 점액 괴물 녀석… 많이 줄어들었어.'

이런 사기 스킬의 조합으로 머리를 쓰는 유저도 아닌, 무식한 몬스터에게 진다는 것은 그야말로 어불성설이다.

아무리 나보다 200레벨이나 높은 괴물이라 한들 마찬가지다.

만약에라도 내가 이 몬스터에게 죽게 되는 경우가 생긴다면, 회피할 수 없는 마법 계통의 공격이나 피할 수 없는 전방위 공격으로 한 방에 가버리는 일뿐인데……. 지금껏 싸워본 바로는 그런 공격은 없는 듯싶다.

'단순히 무지막지한 체력과 거대한 덩치 때문에 그간 유저들이 공략하지 못했을 뿐이야.'

물론 그 단순한 특징이 보통의 유저에게는 압도적인 차이였겠지만, 스킬 효과 없이 이미 내 본연의 능력만으로도 회피에는 큰 어려움이 없는 내게는 덩치 큰 샌드백에 불과하다.

하지만 보스 몬스터는 보스 몬스터라는 것일까.

슈파아악!

"흡!"

피슉!

녀석의 패턴이 변화하기 시작했다.

지금까지의 공격이 이 점액질 대지 중 가장 큰 덩어리인 본체에서 튀어나와 찌르거나 휘둘러 치는 것이었다면, 이제는 조금 떨어진 곳에서도 촉수가 튀어나와 뒤를 공격하기 시작한 것이다.

갑작스런 변화에 나는 완벽하게 대응하지 못하고 촉수에 팔을 스치고야 말았다.

'받은 대미지는… 4천 정도인가?'

내 전체 체력이 5만이 채 안 되는 것을 생각하면, 정통으로 맞을 필요도 없이 열 번 스치기만 해도 빈사 상태에 이른다는 의미였다.

'과연, 여태 아무도 못 잡았을 만하군…….'

이런 무지막지한 대미지라니, 정통으로 맞았다면 정말 한 방에 죽었을지도 모르는 일이다. 특히나 회피 도중 피격 시 해당 대미지가 반감되는 것을 생각하면 본래 대미지는 이보다 훨씬 강할 터였다.

'회피율 시스템을 도입한 밸런스 팀에 감사해야겠네.'

본디 회피율은 개발 과정에서 전사나 기사 클래스에 비해 낮은 체력과 방어력을 갖는 다른 직업들을 위한, 밸런스 조정용으로 만들어진 스탯이다. 사실 이 스탯이 도입됐을 당시, 액션 개발팀은 극렬하게 도입 반대를 외쳤다.

'그땐 밸런스 조정 팀이랑 하루 종일 싸웠었지.'

대미지 무효화, 대미지 반감. 하나의 스탯에 이 두 효과를 모두 할당한다는 것은 심각한 밸런스 파괴가 될 수도 있을 뿐 아니라, 자칫 유저들이 회피율 아이템을 떡칠한다면 게임 자체의 액션 비중이 줄어들 수 있다는 이유에서였다.

하지만 체력과 방어력이 높은 직업군에 비해 다른 캐릭터들이 상대적으로 생존 확률이 낮은 탓에 게임 난이도에 차이를 느끼는 것에는 수긍할 수밖에 없었다. 때문에 시스템 설정 당시 회피율의 상승 조건을 아주 까다롭게 해둔다는 조건하에 적용된 것이 이 회피율이란 스탯이었다.

그랬던 것이 지금 내 목숨을 이미 수백 번도 더 구했을 뿐 아니라, 괴물의 본체 사이에 늘어져 빼꼼히 머리만 내밀고 있는 벨라를 구할 수 있는 유일한 희망이 된 상황이다.

"금방 구해 줄게……!"

불과 몇 십 분 전만 해도 벨라를 혹사시켜 보스 몬스터를 불러내자는 생각을 하던 것과는 전혀 딴판인 생각이었다.

하지만 그때의 생각은 막연히 벨라의 강함을 믿고 욕심에 눈이 멀어 있던 탓이다. 벨라가 죽을 수도 있다는 것은 생각하지 않았다.

이렇게 300레벨의 보스 몬스터와 싸우고 있다 보니, 그간 벨라가 얼마나 힘들게 싸워왔는지, 나에게 있어 얼마나 소중한 동료인지 알 수 있었다. 벨라를 구하겠다는 생각은 갈수록 절실해졌다.

'하지만 이대로는 내가 너무 불리해!'

사기적인 스탯을 지니고 있긴 하지만, 방금처럼 기습에 대응하기에는 여전히 모자라다. 거기에 시간이 지날수록 싸움에 익숙해진 보스의 패턴이 점점 다양해져 갔다.

변해가는 패턴을 모두 숙지해 가며 싸우기엔, 레벨 차에 의한 스쳐도 죽는다는 페널티는 너무 가혹했다.

그렇다면 결국 이 이상 많은 패턴이 나오기 전에 녀석을 잡아야 한다는 말인데…….

"결국 결정적인 한 방이 부족하다는 거지."

나에게 있어 한 방에 큰 대미지를 줄 수 있는 스킬이라곤 오직 피니시 무브뿐.

하지만 이 스킬은 공중에서 많은 힘을 모아 사용하는 스킬로, 허공에 발을 디딜 수 있는 것들이 있거나… 최소한 주변에 빼곡하게 나무라도 자라나 있어야 발동할 수 있는 스킬이었다.

그러나 이곳은 허허벌판이라는 이름이 어울리는 모래의 대지.

심지어 주변은 몬스터의 점액질로 뒤덮여 있다.

"방법이 없나……."

바닥이 바위 따위로 이루어져 있었다면 바위 파편이라도 하늘에 던져서 피니시 무브의 발동 조건을 만들 최소한의 시도라도 해볼 테지만, 이곳은 모래와 점액질뿐이었다.

'저쪽에서 무언가 도움이라도 준다면…….'

슬쩍 뒤편을 보니, 나여주 일행은 수십 분이 지난 지금까지도 여전히 같은 자리에서 나를 바라보고 있었다.

'젠장! 그렇게 멋있게 돌아서 놓고 이제 와서 도와 달라고 어떻게 하냐고!'

물론 벨라를 생각한다면 쪽팔림 정도는 얼마든지 감수할 수 있지만, 문제는 그런다고 그 자존심 높은 나여주가 순순히 도와줄 리가 없다는 점이었다.

설령 무릎 꿇고 빈다고 한들 이미 비뚤어질 대로 비뚤어진 그녀가 나를 도울 것 같지는 않았다.

'어떡한다.'

촤악—!

날아오는 촉수를 잘라내며 다시 조금 뒤로 물러서자, 점액 괴물이 다시 한 번 길게 촉수를 뻗으며 내 몸을 노렸다.

하지만… 그런 것에 맞아줄 내가 아니었다.

〔크리티컬 히트!〕

촤! 촤좌악!

시간 차를 두고 날아든 촉수를 금빛 엄니로 잘라낸 뒤 다시 거리를 벌리려던 그 순간, 또다시 뒤쪽으로부터 매서운 소리와 함께 촉수가 날아들었다.

쐐애애액!

"두 번 당할까 보냐!"

서걱!

뒤통수를 노리고 들어오는 촉수를 고개 숙여 피하고, 아까 자이언트 쉘에게서 벗어날 때처럼 단검을 역수로 쥔 팔을 거꾸로 쳐올리며 촉수를 잘라냈다.

"같은 수법은 안 통한다고."

떨어진 촉수를 여유롭게 발로 차 멀리 떨어뜨리며 씩 웃어 보인 순간, 이번엔 양옆에서부터 다시 한 번 촉수가 날아들었다.

'또 변칙?'

쐐애애액!

전방과 후방에 이른 양옆, 측면 공격에 재빨리 몸을 뒤로 날렸지만… 보스 몬스터 역시 바보가 아니었다.

촤좍!

나의 움직임에 적응한 것인지, 아니면 본래 이런 방식의 패턴을 갖는 것인지는 몰라도 마치 내가 뒤로 뛸 것을 예상했다는 듯, 날카로운 촉수가 내 착지 지점에 정확히 튀어나와 있었다. 나는 그것을 본 즉시 공중에서 선회했다.

빙글!

전문 체조 선수를 방불케 하는 완벽한 공중제비 동작이지만,

기습적으로 튀어나온 촉수를 완전히 피하기엔 무리였다.

피슛!

〔회피 성공!〕

순식간에 허리춤을 스치고 지나가는 촉수의 미끈하고 차가운 감촉에 등줄기가 서늘해졌다. 하지만 다행히 회피율의 효과로 대미지를 입지는 않았다.

'지하악왕의 가죽이 있어서 살았어……! 비록 대미지는 안 들어왔지만 베기 면역이 아니었다면 물리 효과로 허리가 갈라졌을 거다.'

새삼 내 로브가 가진 베기 면역 효과에 감탄하며 차분히 공격에 대비했다. 하지만 머릿속은 온갖 생각들로 복잡해졌다.

'저 녀석, 나에게 선택을 강요하는군.'

시간이 갈수록 다양해지고 복잡한 패턴을 습득해 나가는 괴물을 상대로, 단순히 피하고 베는 전력은 더 이상 써먹기 힘들다.

이제는 정말 결정타가 필요해진 상황. 이 이상 고민할 시간과 기회도 없었다.

'어쩔 수 없나……. 그 녀석을 쓰는 수밖에.'

무엇이든 벨 수 있고, 무엇이든 막을 수 있으며, 저 혼자 싸울 줄도 아는 그 녀석이라면, 내 부족한 공격력을 보조해 줄 수 있으리라. 물론 개인적으론 절대로 꺼내고 싶지 않았지만… 이제는 더 이상 어쩔 수가 없었다.

'그래……. 밑져야 본전이지!'

"엠페러!"

파이아앗!

내 발 앞에 나타난 작은 빛무리로부터 하늘거리는 네모난 색지 같은 입자가 모여들더니, 천천히 그 형상을 갖춰 나갔다.

얼핏 오뚜기 같은, 혹은 거꾸로 세워둔 빗살무늬토기와 같은 형태. 그것은 이내 천천히 검은색과 하얀색으로 물들어갔다. 유려한 곡선을 띠는 옆면 가장 높고 뾰족한 곳에서부터 목 부근까지 노란 선이 생겨나 부리가 되었다. 이어 새하얗고 둥그런 배를 따라 두툼한 뱃살에 가려진 바닥에서 볼록볼록 새카맣고 작은 것이 두 개 생겨났다. 그것은 그 커다랗고 동그란 몸을 지탱하기엔 조금 애처로워 보이는 작은 발이었다. 마지막으로 양옆으로 검은 빛무리가 쭉 펴지더니 날개로 화했다.

그리고 마침내… 동그란 두 눈이 빛을 발하며 엠페러가 등장했다.

"주우우우우우이이이이이이인……!"

화르르륵!

역소환되어 있는 동안 어디서 마공 수련이라도 했는지, 엠페러의 몸 주변으로 솟구치는 검은 오라는 점액질 보스 몬스터 저리 가라 할 만큼 어둡고 칙칙한 기운을 뿌렸다.

"에, 엠페러! 내 말 좀 들어 봐!"

"문답무용!"

파아아앗!

들어봤는지 모르겠지만, 본래 펭귄은 남들의 시선이 없으면 몰래 날아다니는 굉장한 동물이다. 다만 그 비행 능력은 오직 혼자 있는 상황에서만 사용하기에 우리가 모를 뿐. 하지만 오늘부터는 다르다.

펭귄은 날 수 있다는 것을 최소한 나 외에도 몇 명이 더 확인했으니……. 이제 인터넷에도 이걸 가지고 싸우는 멍청이들은 없으리라.

파닥파닥!

"죽어라, 주인!"

"으갸갸갹!"

콕콕콕콕!

소환수의 공격인 탓에 아무리 맞아도 대미지는 없지만… 날카로운 부리로 머리를 마구 쪼는데 엄청 아팠다.

"자, 잠깐! 엠페러, 저기! 벨라를 보라고! 위험하단 말이야!"

"그 엘프야 맨날 싸우고 있으니 언제나 위험하고!"

콕콕콕!

어쩐지 내 입맛을 씁쓸하게 하는 말이었지만, 그렇다고 포기할 순 없는 노릇이다.

"진짜야! 헉! 야, 야! 빨리 뒤! 뒤 좀 봐!"

"거짓말 하지… 케헥!"

퍼억!

호들갑 떠는 내 모습을 거짓말로 치부한 죄는 강력한 뒷통수 한 방이었다.

갑자기 나타나긴 했지만 내 소환에 의한 것이었기에 마찬가지로 적으로 인식했는지, 보스 몬스터의 촉수가 단번에 엠페러의 뒷통수를 노리고 찔러 들어온 것이다.

"괘, 괜찮냐?"

쑤욱!

바닥에 떨어진 충격으로 부리와 함께 머리 전체가 모래 깊숙이 처박혀 있던 엠페러는 즉시 모래 속에서 머리를 뽑아냈다. 그러고는 자신의 뒤통수를 때린 녀석을 찾아 고개를 돌리며 외쳤다.

"…아프잖아!"

그러더니 눈을 동그랗게 뜨고 말했다.

"주인."

"…왜?"

"역소환해 줘라."

"너 편할 때만 역소환해 달라고 하냐!"

"주인이야말로 자기 편할 때만 역소환하면서!"

투닥투닥!

눈앞의 적을 잊은 듯 소환물과 주인이 투닥거리는 모습에, 지능이 낮아 보이는 보스 몬스터조차 벙쪄 있던 건지 잠시 아무 움직임도 없었다. 그러나 이내 정신을 차린 듯 보스 몬스터가 다시 날카로운 촉수를 세웠다.

그리고 그건… 조금 전까지와는 차원이 다른 모습이었다.

나와 엠페러가 선 곳을 제외한 주변 모두가 어느샌가 점액질 대지로 바뀌어 있었다. 사방팔방, 주위를 둘러봐도 보이는 것이라곤 오직 촉수뿐인 대지가 펼쳐졌다.

"젠장…! 어느 틈에!"

그간 싸우는 동안에는 이동 속도 저하 등 여러 가지 페널티를 받는 점액질을 피해, 모래사장과의 경계에서 꾸준히 지속적으로 대미지를 누적시켜 왔다. 나를 공격하는 촉수가 정면에 한정될 수 있도록 말이다.

물론 이것에 계속해서 당하고 있던 보스 몬스터 역시 차츰 내 공격에 익숙해짐에 따라 군데군데 점액질 웅덩이를 모아 놓고 사용하는 것으로 내 측면과 후방을 노리기 시작했다.

하지만 나도 그것을 미리부터 대비를 하고 있었기에 어느 정도 대응이 가능했고, 그 후로도 점액질이 측면이나 후방에 많이 모이지 않도록 조심한 덕분에 지금껏 큰 피해 없이 대응할 수 있었던 것이다.

하지만 지금, 나와 엠페러가 싸우는 틈을 타서 보스 몬스터가 내 주변을 날카로운 촉수들로 뒤덮는 데 성공한 것이다. 지면에서 촉수를 잔뜩 뽑아 올린 보스 몬스터는 아까 아귀를 잡아먹은 그 입의 입꼬리를 살짝 말아 올리며 웃었다.

여태껏 자신을 귀찮게 하던 녀석을 이번에야말로 잡게 되었다는 승리의 미소였다.

"주, 주인…! 이게 뭐냐!"

엠페러는 설마 이렇게까지 위험한 상황일줄 몰랐는지 그제야 당황한 표정으로 나를 불렀지만, 내가 해줄 말이라곤 단 하나뿐이었다.

"저기!"

"……?"

엠페러는 이내 내가 가리킨 곳을 따라 시선을 움직이다, 눈을 부릅떴다.

"…엘프!"

"그래. 다행히 죽지는 않았지만… 오래 버틸 순 없을 거야."

처음 보스 몬스터의 몸에 박혀 있는 벨라를 발견했을 때는 이미 죽은 상태인줄로만 알았다.

그도 그럴 것이 거대 아귀를 단숨에 씹어 삼키는 녀석에게 먹히고 살아 있을 거라곤 생각하지 못했기 때문이다.

하지만 다행히 벨라는 괴물의 입에 먹힌 것이 아니라 괴물 몸의 일부인 파도치는 점액질에 휩쓸려, 그 사이에 갇혀 버린 것이었다.

숨을 쉴 수 없어 기절하긴 했지만 아직 죽지는 않은 상태였다.

'하지만… 오래 버틸 수 없는 건 분명해.'

기절한 벨라를 발견한 이후로 계속 시야 내에 띄워 놓고 있는 가디언 상태 창에는 체력 수치가 지속적으로 낮아지고 있었다. 상태 이상 목록에 기절 외에는 아무것도 나오지 않는 것으로 봐서 다행히 중독 현상은 아닌 듯싶었지만, 실드 메이든인 벨라의 엄청난 체력이 눈에 띄게 줄어드는 중이었으니 그리 오래 버틸 수는 없을 터였다.

'결국엔 필요한 조치였다는 말이군.'

몬스터의 촉수를 잘라낼수록 덩치가 미세하게 줄어드는 것을 보고 꾸준한 대미지로 벨라를 구해낼 생각이었지만, 계획대로 됐다고 해도 결국 벨라의 체력 때문에 엠페러를 부르는 수밖에는 없었을 것이다.

"주인……!"

"그래."

벨라의 상태를 확인한 엠페러의 눈에 뜨거운 의지가 깃들었다.

비록 맨날 티격태격하는 둘이었지만 각각 내 소환수와 가디언으로서 서로 정이 많이 들었을 테니, 벨라의 저런 모습에 화가 나는 것은 당연하리라.

"재는 왜 맨날 저런 데 있는 거냐, 주인! 가디언 자격이 없다!"

"……."

"저번에 금모원왕이랑 지하악왕 때도 그러더니 오늘도… 구시렁구시렁."

뭐 내가 생각한 바와는 조금(?) 차이가 있긴 했지만, 어쨌더나 엠페러도 벨라를 구해야 한다는데는 동의했다.

"이래서 내가 있어야 하는 거다! 엘프는 약하다, 주인! 매번 우리가 구해야 한다!"

숲에 있을 당시를 생각하면 엠페러보다 강한 게 무엇이 있었겠냐만은……. 아니, 그보다 내 소환수가 되고 나서는 그런 말 할 자격이 없어지지 않았냐, 너?

"음… 그래, 뭐……."

하지만 그런 생각을 지금 내뱉을 수는 없었기에 침음성과 함께 말을 집어삼켰다.

나는 주변을 촘촘히 감싸고 있는 날카로운 촉수 무리를 앞에 두고 엠페러에게 말했다.

"엠페러 펭귄 소드! 그리고… 펭귄 댄싱!"

엠페러를 무기화하는 펭귄 소드, 그리고 엠페러의 자율 의지로 검이 된 상태에서 적을 상대하는 펭귄 댄싱이 동시에 펼쳐졌다.

〔펭귄 댄싱의 효과로 소환수의 움직임이 10% 상승합니다.〕

'호오… 펭귄 댄싱에 이런 기능이 있었나?'

사실 펭귄 댄싱 스킬을 익힌 지는 오래되었지만, 실전에서는 애당초 내가 명령할 것도 없이 엠페러가 알아서 했으니 직접 스킬을 사용해 본 것은 이번이 처음이었다. 이 스킬에 이런 부가 옵션이 붙는다는 것도 오늘에서야 알았다.

"자주 써먹어야겠어."

"응? 뭐라고 했나, 주인?"

"아냐, 아무것도. 그보다… 준비됐지?"

끄덕.

내 손에 가로로 들린 채 비장한 표정으로 고개를 끄덕이는 펭귄의 모습은 매우 우스꽝스러웠지만, 우리 둘의 표정은 그 어느 때보다도 진지했다.

"어차피 피니시 무브는 발동시킬 수 없어… 단숨에 전력으로 돌파할 테니까 날아오는 것들을 모두 잘라 버려!"

"알겠다, 주인!"

힘주어 말하는 엠페러를 두 손으로 잡고 앞으로 찌르는 듯한 자세를 취한 뒤, 힘껏 두 다리로 땅을 박찼다.

그리고.

"흐아아아아압!"

"끼요오오오옷!"

점액질 대지의 한복판, 거대한 덩어리를 향해 달려드는 검은 섬광 한줄기가 피어났다.

"어리다고? 내가?"

"…너무 마음에 담아두지 마십쇼, 아가씨."

"…흥! 누가 뭐래? 난 그냥 기분 나쁠 뿐이라고!"

말은 그렇게 했지만, 나여주는 박대로가 남긴 그 말이 못내 신경 쓰였다.

처음 마주친 날 큰 창피를 당했을 때부터 주의 깊게 관찰해 온 남자였다.

무엇을 하건 누구와 섞이는 일 없고, 혹여나 다른 누군가와 부딪힐 일이라도 있으면 먼저 자리를 내어주었다. 그는 누구와도 얽히지 않고, 누구와도 부딪히지 않는다.

그녀가 관찰해온 박대로의 평상시 모습이었다.

하지만… 그 대상이 그녀만 되면 그렇지 않았다.

사실상 학교에서 그 누구도 막지 못하는 자신의 앞길을 당당하게 막고, 잘못된 것을 꼬집어 훈계한다.

아주 기분 나쁘다는 태도로 자신을 가르치려 든다.

부모님도, 전속 선생님들도 자신에게 그럴 수 없거늘… 그만은 다르다.

처음엔 자신에게 관심을 얻기 위한 새로운 전략이라고 생각했다.

자기 입으로 말하기엔 민망하지만 자신의 미모는 남자라면 한 번쯤 연인으로 꿈꾸기에 부족함이 없고, 자신이 가진 뒷배경은 야심 있는 사람이라면 세상 누구라도 탐을 낼 만큼 크고 강대하다.

그렇기에 그녀는 아주 어릴 적부터 많은 남성들의 표적이 되어 왔다. 달콤한 말로 그녀를 꾀어내려는 사람들은 셀 수도 없었고, 그녀의 눈에 들고자 오물을 뒤집어쓰는 것조차 마다하지 않던 인물들도 수두룩했다. 하지만 그들 중 누구 하나도 그녀에게 다가오는 것을 허락받은 이는 없었다.

그래서 처음엔 박대로도 자신에게 관심을 받기 위해 그런 행동을 하는 게 아닐까 생각했다.

그리고 그것은 꽤나 흥미로운 일이었다.

여태껏 수많은 사람들이 그녀에게 다가오기 위해 더욱 달게, 더욱 부드럽게, 푹신하게 행동했다면, 박대로의 행동은 쓰고, 거칠고, 따가웠다.

많은 사람들 앞에서 민망해질 만큼 그의 행동은 자신을 불편하게 했다.

처음엔 민망하고 화가 났지만… 그럴수록 흥미가 갔다.

그래서 그에 대해 조사했다.

과연 무엇을 하는 집안이기에 거부도, 권력가도 함부로 하지 못하는 자신에게 이토록 거친 방법으로 관심을 이끌고자 하는가.

하나 아무리 조사해 봐도 박대로의 개인 정보와 관해서는 아무런 흔적을 찾을 수가 없었다.

이 세상에 자신이, 자신의 집안이 할 수 없는 것이 있다니, 가히 충격이라고밖엔 할 수 없었다.

난생처음 불가능을 일깨워 준 그가 얼마나 대단한 존재인지, 얼마나 대단한 집안의 인물인지 궁금해졌다.

하여 오늘도 부끄러움을 무릅쓰고 직접 그에게 인사까지 하러 가지 않았던가.

만약 평소였다면 밑에 사람에게 시켜 짧은 문장 하나를 대필하여 보냈을 터였다. 그간 만나온 사람들은 그것만으로도 황송해 마지않는 일이 대부분이었으니, 박대로만 아니었다면 분명 그렇게 처리했을 것이다.

하지만… 박대로가 집안을 들먹였을 때. 그녀는 절로 긴장하고야 말았다.

난생처음 위기감을 느꼈다.

그 결과, 그녀는 방과 후에 박대로를 직접 찾아가 대면하기까지 했다.

한데…….

“저런 한심한 녀석이었다니.”

고작해야 게임을 하면서 저렇게 흥분해 날뛴다.

정말로 ‘배운 집안’의 자제라면 절대로 하지 않을 행동이고, 박대로가 그간 자신이 생각하던 대로 정말 철두철미하고 완벽했다면 절대 보이지 않을 모습이었다.

그녀의 기대는 무참히 무너져 내렸다.

그녀는 바보가 아니다. 오히려 똑똑하다는 말도 부족한 천재라는 부류에 가깝다. 비록 학교에서야 안하무인, 선생님도 다른 학생들도 모두 내려다보며 망나니마냥 마음대로 학교를 헤집고 다니는 그녀였지만, 그것은 그렇게 해도 아무 문제가 없다는 것을 알기에 단순히 일상의 스트레스를 풀고, 그곳에 모인 다른 집안의 경쟁자들에게 보여주기 위한 행동일 뿐, 평소 모습은 아니었다.

오히려 모든 일에 냉철하고, 냉정하며 사소한 일조차 철두철미한 사람. 그것이 가까이서 보필하는 이들이 알고 있는 그녀다.

그런 자신에게 얼마 전 나타난 박대로라는 대항마는 신비로운 존재였다.

그는 자신이 만들어낸 안하무인의 나여주라는 존재를 극렬히 밀어내는 것으로 그녀의 관심에 들고, 반대로 그녀와는 다른 방법으로 주변 인물들의 눈을 속이고 있다. 박대로라는 인물은 자신에게 있어 호적수와도 같았다.

그런데 그런 마음속의 경쟁자가 이토록 쉽사리, 그것도 가장 최악의 형태로 무너져 내렸으니… 크게 실망할 수밖에.

그래서 그녀는 냉소하며 고작 게임 따위에 자신의 내면을 드러내 버린 하찮은 그를 질책했다. 할 수 있는 최대한의 적의를 담아 그를 노려봤다.

그녀의 쏘아붙인 말에 혹시나 본래의 모습으로 돌아가지는 않을까, 그가 자신에게 그랬던 것처럼 그녀 역시 그의 집안을 언급했다.

하지만… 그럴수록 그는 더욱 분노했고, 그녀를 매섭게 노려봤으며, 그간 베일에 감싸여 있던 그의 속내를 내보이기까지 했다.

그녀는 다시 한 번 실망했고, 마음속으로 그에 대한 미련을 접었다.

그런데 그때.

다시 한 번 그가 변화했다.

아주 짧은 찰나의 순간에 급변한 그의 두 눈에는 더 이상 분노가 깃들지 않았고, 매서움도 남아 있지 않았다. 오히려 그녀를 보는 두 눈에는 냉정과 연민이 묻어났다.

그러고는 이미 자신의 안에서 천한 것으로 격하된 그가, 그녀의 마음속에 작은 돌을 던지고 갔다.

"아직 어리네."

이해할 수 없는 말이었지만… 어째선지 그것은 오래도록 그녀의 안에 남아, 심중의 연못에 계속해서 파문을 일으키고 있었다.

그가 그 말을 할 때 짓던 냉막한 미소와, 그와 상반된 연민 가득한 시선은… 자꾸만 그가 남긴 말의 의미를 되새기게 했다.

자신의 삶, 행동, 생각, 마음… 그 모든 것을 이해한다는 듯 바라보던 그 시선이 자꾸만 떠올라 머릿속을 헤집어 놓았다.

그리고 지금… 그의 위기를 보고 있는 자신의 가슴 안쪽이 요동치고 있었다.

"엠페러! 더 빨리는 안 돼?"

"이미 최고 속도다, 주인! 아뵤오오옷!"

사각! 서컥서컥! 숭덩숭덩!

벨라를 구하기 위한 유일한 방법인 '단숨에 승부'에 도전하고자, 엠페러와 함께 기세 좋게 점액질 대지로 뛰어들었지만, 상황은 그다지 좋지 못했다.

엠페러가 자신의 날개와 부리로 최선을 다해 솟구치고, 날아드는 촉수를 제거하고는 있지만… 엠페러의 공격 수단인 부리와 양 날개를 합해도 세 개인데 반해 주변에서 날아드는 촉수는 셀 수도 없이 많았다.

그러니 결국 품에서 꺼낸 금빛 엄니로 함께 공격을 하고 있음에도 본체에 닿으려면 앞으로도 한참이나 거리가 남아 있었다.

서컥!

"크으으윽!"

"괜찮나, 주인! 아뵤! 아뵤뵤뵤뵤뵤!"

"…그래! 아직 버틸 만해!"

정신없는 와중에도 내 상태를 물어보는 엠페러에게 그렇게 말하긴 했지만, 사실 그다지 좋은 상태는 아니었다.

회피율의 효과와 아크로바틱의 능력으로 엠페러가 미처 막지 못한 공격들을 최대한 흘려내고는 있지만, 다구리엔 장사 없다고 본체에 가까워질수록 거세지는 촉수들의 공격에, 간혹 스치는 것은 어쩔 수 없었다.

'제길……. 남은 체력은 반 정도인가?'

스치는 공격 대여섯 대 정도를 버틸 수 있는 수치.

할 수 있다면 이곳에 오기 전 미리 챙겨둔 포션을 사용하고 싶었지만 인벤토리에 손을 넣을 시간조차 지금의 나에겐 없었다.

'잠깐만… 아주 잠시만 시간을 벌 수 있다면…….'

그렇게 속으로 연신 잠시만을 외치며 몬스터를 노려보던 그 때, 우리에게 작은 기적이 일어났다.

"프로텍트 미사일!"

파바바바바밧!

'요격 마법?'

점액질 대지 곳곳에서 튀어나와 우리를 공격할 차례를 기다리던 촉수들의 끄트머리는 후방에서 날아온 마법 세례에 터져나가며, 균형을 잃고 저마다 춤을 췄다.

"흐, 흥! 어쨌거나 내가 소환한 몬스터니까……! 딱히 널 도와주는 게 아니라… 나도 잡는 거야! 퀘스트 때문에!"

힐끗 돌아본 뒤쪽에서 팔짱을 낀 채 나여주가 소리치고 있었다.

"…고맙다!"

왜 도와주는지, 그런 것은 지금 상황에서 궁금하지 않다. 그저 기대하지 않았던 도움이기에 그것이 못내 고마울 뿐.

감사를 표한 나는 곁눈질로 눈을 마주치는 그녀를 뒤로한 채,

재빨리 품에 손을 넣어 아이템들을 꺼내들었다.

〔상급 회복 포션〕
분류 : 소모품
등급 : 일반
설명 : 지속적으로 HP를 20% 회복한다.

단순하고 간단한 이름과 설명이지만, 그 효과는 그리 만만치 않았다.

자그마치 전체 체력의 20% 회복!

물론 단숨에 모든 상처가 치유되고 HP가 회복되는 기적 같은 기능은 없지만, 지속 형태의 포션인 만큼 상황에 따라 매우 유용하게 쓰일 수 있는 고급 아이템이었다.

'포션을 좋은 걸로 사 두길 잘했지.'

어차피 상하는 것도 아니고, 게임 중 얼마든지 사용할 기회가 있는 아이템이니만큼 어차피 살 것이라고 생각해서 나와 벨라, 그리고 엠페러 것 까지 꽤 비싼 값을 치르고 총 세 개의 포션을 구입했다.

물론 앞서 말한 것처럼 상처를 단숨에 치료하거나 단번에 체력을 회복시킬 수 있는 최고급 포션들에 비하면 조금 떨어지는 물건이긴 하지만, 전체 체력 수치에 상관없이 20% 회복이라는 수치는 상당히 높은 수치이다. 거기다 백만 단위 체력의 엠페러는 물론 실드 메이든인 벨라, 그리고 이 둘에게 보호 받는 나라면 충분히 효과를 최대로 끌어낼 수 있을 것이라는 계산이었다.

'근데 잘하면 오늘 내가 다 쓰게 생겼구만!'

다시금 이 포션의 가격이 머릿속에 떠올랐지만 아무리 그래도 목숨 값보다 비쌀 수는 없다.

'뭐, 게임 속 목숨이라곤 하지만…….'

일순 게임에 너무 몰입하는 것 아니냐는 나여주의 말이 떠올랐지만… 짧은 상념에 지나지 않았다.

"좋았어……! 가볼까!"

체력이 천천히 회복되는 것을 확인하며 잠시 패닉 상태에 빠진 촉수들을 지나쳐 다리에 힘을 더했다.

나의 빨라진 걸음걸이와 힘 있는 움직임에 엠페러 역시 피가 끓는지 힘껏 목소리를 냈다.

"끼요오오옷!"

"이대로 벨라를 구출한다! 체인지 펭귄 웨폰, 대검 모드!"

불끈!

두 날개를 앞으로 뾰족하게 모은 엠페러를 쭉 뻗어 앞으로 내밀며 다시 힘을 모았다.

이번에는 지금까지와는 달리… 전력을 다해……!

[힘이 올랐습니다.]

〔힘이 올랐습니다.〕

〔힘이 올랐습니다.〕

〔힘이 올랐습니다.〕

……

1천이 넘는 보너스 스탯 포인트가 모두 힘에 투자되었다. 오래도록 이 스탯의 사용에 대해 고민을 해왔건만, 최종적으론 단순 무식한 스탯 투자가 되어 버렸다.

하나 후회는 없었다.

엠페러를 쥔 두 팔에, 앞으로 나아가는 두 다리에 조금이라도 힘을 더할 수 있다면… 조금 미련한 방법이라도 좋았다.

'지금이라면……!'

내 발을 잡아당기는 이 점액질조차 박차고 단숨에 달려나갈 수 있으리라!

나는 이 넘치는 힘을 믿어 의심치 않았다.

"가자아아아앗!"

투콰!

100레벨대의 캐릭터라기엔 터무니없을 정도의 힘이 다리를 통해 뿜어지고, 나는 직선으로 달려 나가기 시작했다.

앞을 가로막는 점액질 대지들은 땅에 날개를 박은 엠페러에 의해 쪼개져 그 속살을 드러냈다. 나는 움직임을 막는 점액질에서 벗어나 모래를 밟고, 더욱 강력한 힘으로 대지를 박찼다.

좌좌좌좌작!

두두두두!

그리고 마침내.

투쾅!

펄—쩍!

"크하아아앗! 받아라아악!"

추와와압! 추와와아!

허공으로 날아오른 나는 괴물의 추악한 얼굴과 대면했다.

Chapter 4

천지개벽

글로리아 컴퍼니 내 선진 기술 개발 과학부 겸 리버스 라이프 운영실.

그곳엔 하나의 모니터를 뚫어져라 쳐다보는 두 사람이 있었다.

"……."

"……."

화면에 보이는 것이라곤 오직 먼지 구름이 뭉게뭉게 피어오르는 어두운 대지뿐.

하지만 그 화면을 계속 보고 있던 그 둘은 함부로 입을 뗄 수가 없었다. 그러다 마침내 박중혁 부장이 느릿하게 입을 열었다.

"…저거 너무 센 거 아닌가?"

"…저희도 설마 저 정도일 거라고는 생각을 못해서요."

"지금 와서 수정하는 건… 무리겠지?"

"…그렇겠죠?"

그들이 보고 있는 모니터 속, 피어오르던 먼지 구름이 사라진 자리에 나타난 건… 그 깊이를 가늠하기 힘든 거대한 크레이터였다.

"흐아압!"

기합을 내뱉는 내 눈앞에, 그저 입뿐이 없다고 생각했던 점액질 괴물의 눈이 번쩍 뜨이며 나타났다.

쩌억—!

나와 엠페러가 길게 늘어서듯 눕는다 해도 모두 들어갈 만큼 거대한 동공이 나와 눈을 마주치는 순간, 무저갱과 같은 짙은 어둠에 빨려가는 듯한 기분에 잠시 현기증이 느껴졌다. 하지만 눈을 길게 깜박이는 것으로 어지러움을 떨쳐냈다. 그리고 순간, 새로운 희망이 샘솟았다.

'이거라면……! 할 수 있어!'

본래 노리던 것이 이대로 달려들어 벨라 주변을 통째로 잘라내 구출하는 것이었다면, 녀석의 눈동자가 나타난 지금은 다르다.

'엠페러라면 어차피 방어력을 무시하고 타격을 입힐 수 있을 테니까… 급소를 직접 노린다!'

비록 부정형의 몬스터지만 눈이라는 것은 생명체에게 있어 그 형태를 막론하고 급소가 되는 부분이다. 여태까지는 온통 점액질인 녀석의 급소가 될 만한 곳을 전혀 발견하지 못한 탓에 치명타를 줄 수 없었지만, 눈이라면 충분히 큰 대미지를 줄 수 있을 터였다.

무엇보다 단순 수치상의 대미지 외에도 눈을 잃은 녀석이 혼란에 빠질 것은 자명하다. 그런 만큼 벨라를 구출하는 것이 상대적으로 더 쉬워질 것이다.

'그렇지 않아도 벨라를 빼내고 나서 이 점액질 대지를 어떻게 빠져나갈지 고민했는데 잘됐어!'

여태 가지고 있던 보너스 포인트까지 몽땅 투자해서 점액질 대지를 힘으로 박찬다는 무식한 방법으로 나오긴 했지만, 사실 막상 정확한 계획은 하나도 없던 참이다. 나여주의 도움으로 기회가 온 것을 느끼고 무작정 달려들었을 뿐.

그나마도 애당초 괴물을 쓰러뜨릴 수 없다는 전제하에 움직인 것이라, 벨라를 구출하는 것을 최우선 목표로 하고, 도망칠 때는… 그냥 어떻게든 되겠지 하는 심정으로 달려든 것이었다.

고로 실상 내 머릿속에는 벨라의 구출까지만 계획되어 있었던 셈이다. 그런데 막상 이렇게 달려들고 보니, 괴물 녀석이 직접 눈을 떠서 급소를 드러내 주었다. 뜻밖에 좋은 기회가 생긴 것이다.

"차하!"

촤아아악!

키이이익!

많은 상념이 있었지만, 내 동작은 빠르고 간결했다.

녀석의 눈동자를 베고 가는 기분이란…….

점액질 대지를 가를 때와는 확실히 다른 묵직한 감촉과 함께 울려 퍼지는 끔찍한 비명 소리가 녀석에게 큰 타격을 입혔음을 알려줬다.

'좋아! 이제 벨라를 구해내기만 하면……!'

형태가 형태이니만큼 시력을 완전히 잃었다고 단정할 순 없지만, 혼란에 빠진 것이 분명한 지금이라면 충분히 도망갈 수 있으리라.

그렇게 생각한 나는 아까부터 눈여겨보고 있던 녀석의 몸 중간 부근에 늘어져 있는 벨라를 다시 확인했다. 그러고는 녀석의 몸을 박차고 다시 뛰어올랐다. 아니, 뛰어오르려 했다.

파학!

내 발이 녀석의 몸을 박차는 순간, 나는 생각보다 훨씬 더 낮은 점프 높이에 당황하고 말았다.

'분명 힘을 최대로 했을 텐데……!'

리버스 라이프에서 점프력과 달리기 속도를 결정하는 것은 근력. 즉, 힘이다.

민첩이 속도나 점프력 등에 영향을 준다고 생각하기 쉽지만, 달리는 행위와 뛰는 것은 순전히 다리의 근력에 의해 이루어지는 일이다.

민첩은 이를 보조해서 몸의 균형이나 강한 힘으로 인한 반발력으로 몸이 다치는 것을 방지해 주는, 말 그대로 움직임을 보완하는 스탯일 뿐이다.

그렇기에 조금 전 점액질 대지를 돌파할 때 내가 남은 스탯을 모두 힘에 몰아준 것이다. 그 덕분에 실제로 작은 동산만 한 괴물의 중간부까지 단숨에 뛰어오를 수 있었다.

하지만 지금 이 순간.

점액질 괴물의 본체를 밟고 뛰어오른 내 몸은 어째선지 맨 처음 스탯을 찍기 전보다 더 낮게 떠올랐다.

'젠장, 설마 지지 기반이 문제일 줄이야!'

당황하긴 했지만 문제가 무엇인지는 단박에 알 수 있었다.

그것은 기반의 차이.

점액질 대지는 비록 점액질이 바닥을 덮고는 있지만, 그 밑으로는 분명 모래로나마 단단한 대지가 있었다. 때문에 몸을 받치는 단단한 대지를 박차고 충분한 도약력을 얻어 뛰어오를 수 있었다.

하지만 방금 내가 박찬 것은 점액질 괴물의 본체. 내부까지 점액질로 이루어진 녀석의 몸은 뛰어오를 수 있는 힘을 받기에는 여러모로 모자랐다.

'이런 말도 안 되는 실수라니!'

조금만 더 침착하게 생각했더라면 뛰어오르기 전에 생각할 수 있었을지도 모르는 문제였다.

하지만 지속적으로 줄어드는 벨라의 체력과, 지금이 아니면 기회가 없다는 마음속 초조함이 이런 어처구니없는 실수를 만들어낸 것이다.

'이래선 벨라가 있는 곳까지 갈 수가 없어!'

나는 조금 전 눈을 공격하기 위해 움직인 탓에 지금 벨라와는 조금 떨어진 어중간한 위치에 착지해 있었다. 목적을 이루기 위해선 조금 전 뛰어오를 때와 비슷한 수준의 점프가 반드시 필요하다. 하지만 지금의 도약력으로는 못해도 세 번 이상의 점프가 필요할 터, 그래서는 너무 늦는다.

"하지만… 포기할 순 없지!"

파악!

그렇다, 포기할 수 없다. 이성적으로는 이미 실패를 예감하고 있지만, 그렇다고 한들 이제와 포기하기엔 너무 멀리 내달려 왔다.

다시 이런 기회가 있을지 없을지 알 수 없을뿐더러, 이제는 그야말로 벨라가 바로 코앞에 있다. 또다시 벨라를 두고 뒤로 후퇴할 만큼 이곳에 뛰어든 결심은 무르지 않았다.

"츠하아압!"

촤악!

나는 연이은 세 번의 점프 속에 계속해서 도약력을 잃어가며, 점차 더욱 낮은 점프력을 발휘했다.

그 결과 당초 세 번의 도약으로 예상했던 거리는 다섯 번 이상 도약해야 할 만큼 늘어난 상태였다. 이제는 벨라를 구출한다고 해도 과연 이 괴물의 몸을 밟고 다시 대지를 향해 뛰는 게 가능할까 싶을 지경이었다.

그리고 때마침 내 등 뒤로 날카로운 기세가 느껴졌다.

"주인!"

"걱정 마……!"

엠페러가 걱정스러운 어투로 나를 불렀지만, 나는 힘주어 말하는 것으로 엠페러의 걱정을 불식시키며 다시금 다리에 힘을 줬다.

촤악!

하지만…….

'여기까진가?'

벨라가 있는 곳까지 딱 한 번의 도약을 남겨둔 지금.

네 번째 도약, 그리고 착지와 동시에 발목까지 빨아들이는 점액질의 강력한 흡입력을 느끼며 나는 일순 절망했다.

등 뒤에는 정신을 차린 괴물의 날카로운 촉수들이, 발밑에는 나를 통째로 집어삼키려 하는 점액질의 본체가, 그리고 코앞에는 소중한 동료가 기절한 채 쓰러져 있다.

그야말로 사면초가의 상황.

나는 종아리를 감싸는 점액질 속에서 크게 발을 끌어올리며 외쳤다.

"아직은 포기 못한다아아아!"

촤악!

온 힘을 다한 마지막 걸음. 뛰었다고 하기도 민망할 만큼 조금밖엔 움직이지 않았지만, 팔을 쭉 뻗으며 앞으로 드러누운 나에게 반가운 목소리가 들렸다.

덥석!

"잡았다, 주인!"

"잘했어!"

대검 모드로 앞을 향해 양 날개를 쭉 뻗고 있던 엠페러가 무기의 형태를 해제하고, 점액질 밖으로 툭 튀어나와 있던 벨라의 팔을 잡은 것이었다.

"이제 도망치면 된다, 주인!"

"좋아! 놓치지 말라고!"

이제는 등 바로 뒤에서 날카로운 것이 느껴지고 있었다. 엎드린 몸을 급히 선회한 나는 아래쪽을 향해 몸을 길게 뻗었다.

'여섯 시 내 고향을 보길 다행이지!'

액션 개발팀의 일이 끝난 지 얼마 안됐을 무렵, 액션 팀의 업무 종료를 기점으로 바빠진 다른 팀들의 야근하는 모습에 차마 눈치가 보여 퇴근할 수 없었던 우리 팀은 하루 종일 텔레비전을 보곤 했다. 그리고 그런 우리에게 있어 본래 퇴근 시간만 되면 알람마냥 시작하던 대한민국의 초장수 프로그램, 여섯 시 내 고향은 본의 아니게 액션 개발팀이 매일 같이 챙겨보는 프로그램이었다.

그중에서도 개인적으로 가장 기억에 남는 편이 있었으니… 서해안의 갯벌 마을이었다. 책으로만 접해본 갯벌과 저녁 시간 공복의 위를 자극하는 해산물의 모습은 꽤나 관심을 자극했던 탓에, 나는 특히나 유심히 그 편을 봤었다.

그리고… 지금 나는 그날 텔레비전을 통해 배운 바를 적극 써먹을 생각이었다.

'이렇게 하던가?'

갯벌 위에서 일을 하던 아주머니들은 발이 푹푹 빠지는 갯벌 위를 힘들여 걸어 다니지 않았다. 오히려 그분들은 갯벌 위에서

편히 일하기 위한 간단한 아이디어를 갖고 있었다.

촤좌좌좌!

"좋았어! 된다!"

내가 텔레비전에서 본 그것은 갯벌 위에 길쭉한 판자를 두고, 그 위에 엎드려 썰매처럼 밀고 다니며 움직이는 모습이었다. 여섯 시 내 고향에서는 갯벌에 발이 빠져 허우적거리는 리포터와 달리, 아주머니들이 아주 편하게 움직이고 계셨다.

물론 지금 우리에겐 썰매처럼 사용할 판자는 없었지만…….

"중력의 힘은 위대한 법이지!"

촤좌좌좌좌좍!

내가 아까부터 괴물의 본체를 말할 때 작은 동산 같다고 한 것은 단순히 그 크기가 커다랗다는 의미만은 아니었다.

녀석의 모습은 말 그대로 동산.

둥그스름하게 솟아오른 작은 산 같은 모습이었다.

그 위에서 배를 깔고 노를 젓듯 팔을 휘적거리자, 어느새 한겨울 눈썰매를 타는 것처럼 빠른 속도로 지면을 향해 하강하기 시작했다.

"주인, 나 먼저 간다!"

"암마! 같이 가!"

촤아아아아악!

거기에 엠페러의 경우, 한쪽 날개로 벨라라는 짐덩이를 끌고도 오히려 익숙하다는 듯, 나보다 훨씬 빠른 속도로 점액질 몸을 타고 흘러 내려가고 있었다.

그 엄청난 속도에 나는 속으로 작게 감탄하며 생각했다.

'과연 황제펭귄!'

본래 황제펭귄은 우리가 아는 것과 달리, 뒤뚱뒤뚱 걸어만 다니는 것이 아니다.

오히려 눈 덮인 남극에서는 바닥에 배를 깔고 지금 우리가 하는 것처럼 미끄러져 다니는 경우가 훨씬 많다고 한다.

이는 엠페러를 얻은 이후, 나름대로 황제펭귄에 대해 조사하는 과정에서 알게 된 펭귄의 습성 중 하나였다.

뭐, 게임 소환수를 얻고 게임보다 동물의 습성을 조사했단 게 좀 그렇지만……. 어쨌건 그 덕에 엠페러의 행동을 이해하는 데 여러모로 도움이 됐으니 이건 이거대로 좋은 일 아니겠는가.

그사이 나와 어느 정도 템포를 맞춰 움직이며 감속한 엠페러가 마침내 내 옆에 이르렀을 때, 불쑥 시비를 걸었다.

"주인."

촤좌좌좌좌!

"왜?"

촤좌좌좌좌좍!

"너무 느린 거 아닌가?"

빠직.

너무 한심한 나머지 이해할 수조차 없다는 듯 고개까지 갸웃거리며 말하는 엠페러를 보자, 자연스레 언성이 높아졌다.

"암마! 인간이 펭귄이랑 같은 줄 알아? 펭귄처럼 똥똥한 배가……. 물론 간혹 인간들도 가지고 있지만 보통은 없단 말이야!"

"뭣이! 주인, 이것은 똥똥한 게 아니다! 덕이 많다는 거다!"

"똥똥한 건 똥똥한 거지, 덕은 무슨! 이 뚱보 펭귄아! 에베베베~"

"으으으! 어찌 주인은 걱정해서 말을 해줘도 그렇게 비뚤게 반응하는가! 나는 먼저 가보겠다, 주인! 잘 살아남아라! 베에에!"

"에베베벱벱프벱픕… 응? 뭐?"

놀리느라 정신이 없는 나를 한심하다는 듯 쳐다보며 혀를 삐죽 내민 엠페러는 그 말을 끝으로 단숨에 멀어져 갔다. 그리고 그제야 이상함을 느낀 나였다.

'걱정했다고?'

무엇을 걱정했다는 것일까. 생각하기를 잠시.

나는 최대한 가속도를 내고자 뒤로 쭉 뻗은 다리를 통해 느껴지는 기묘한 감촉에 웃기 시작했다.

"깔깔깔! 그, 그만! 나 간지럼 잘 못 참는단 말이야!"

"……."

그러나 뒤에 있는 누군가는 들은 척도 않고, 오히려 처음보다 더 많은 손가락으로 종아리 부근을 간질이기 시작했다.

간질간질.

"으히힉! 이히히히! 간지럽다니까! 깔깔!"

종아리에서 무릎으로, 무릎에서 허벅지로, 그리고 마침내 엉덩이 부근까지 온 손가락의 감촉에 나는 내젓던 팔까지 뒤로 하여 휘두르며 뒤에 있는 상대를 말렸다.

"야, 야! 흐흐흐, 그만해라! 거긴 안 돼! 히히히히!"

대체 얼마나 나를 간질이고 싶은 건지. 간질이는 범위가 점차 위험해질 뿐 아니라, 처음엔 한 개로 시작한 손가락이 어느새 열 개를 넘어가고 있었다.

"…응? 열 개가 넘어?"

'사람 손가락은 열 개 아니던가?'

문득 나는 노처럼 젓던 팔을 멈추고 점액질이 가득 묻은 손을 내려다보았다.

그러고는.

힐끗.

"아, 미안. 손가락인 줄 알았지 뭐야."

찡긋!

오해해서 미안하다는 표시로 한쪽 눈을 깜빡여 화해의 제스처를 취한 나는 뒤를 돌아보던 고개를 다시 원위치시켰다.

동시에 비장한 얼굴로 양팔을 힘차게 휘두르기 시작했다.

'사람이 있을 리가 없잖아!'

투콰콰콰콰!

쐐애애애액!

점액질 위에서 몸을 밀어내던 팔로 포크레인처럼 점액질을 퍼내며 가속도를 붙여 나가는 내 뒤로, 아까와는 그 숫자부터 차원이 다른 수백 개의 촉수가 쫓아오고 있었다.

"으아아아아악! 사람 살려!"

그리고 이 모습을 점액질 대지 밖에서 초조하게 지켜보던 나여주는…….

"뭐야, 저 멍청이는……."

어쩐지 속은 기분에 언짢은 한숨을 내쉬었다.

"으아아악! 우아아악! 구아아아악!"

촤좌좌좌!

얼마나 힘을 줘 내려왔던 것일까.

중장비를 방불케 하는 강력한 팔 힘으로 점액질 몸을 헤치며 내려오길 한참, 마침내 저 멀리 내려올 때와 마찬가지로 대지 위에 배를 끌며 기어가는 엠페러와 벨라가 보였다.

"같이 가!"

"주인……!"

빠르게 가까워져 오는 주인의 애달픈 목소리에 무언가 느낀 것이 있는 걸까. 뒤돌아 나를 바라보는 엠페러의 눈에 얼핏 복잡한 감정이 서렸다.

"주인, 죽으려면 혼자 죽어라!"

"저 의리 없는 놈!!"

복잡하기만 했을 뿐, 안타까움 같은 것과는 거리가 멀었다. 날 향해 날아오는 말은 냉정하기 짝이 없었다.

하지만 결과적으로 내 생각도 그다지 다르지 않았다.

저쪽이 엠페러와 벨라라는 강력한 전력이긴 하지만, 벨라는 기절한 상태이고, 엠페러 혼자서는 그런 벨라를 데리고 도망치는 것만으로도 벅찬 상황이다.

냉정히 생각해 봤을 때, 만약 싸움을 해야 한다면 스킬과 재능의 효과로 압도적인 생존력을 가진 내가 나서서 시선을 끌어주는 것이 더욱 도움이 될 터였다.

물론 그런 것과는 별개로 엠페러의 외침은 마음을 아프게 하는 부분이 있었지만 말이다.

'그래도 다행히 이게 끝인 것 같군.'

다행이라고 하기엔 아무리 봐도 너무 암울한 상황이지만, 나는 그래도 지금 상황이 그리 나쁘지 않음을 알았다.

뒤에는 당장 수백 개의 촉수가 나를 노리고 있긴 하지만, 분명 이 이상의 공격은 없을 것이기 때문이었다.

'우리가 도착하는 지점에 미리 촉수를 대기시켜 놓는 방식의 공격이 있을까 걱정했는데……. 지금 이놈의 행동을 보면 유저의 행동에 즉시 대응한다기보다는 반복적인 행동에 대응하는 듯하다.'

아까 보스 몬스터의 패턴이 변화할 때도 마찬가지였다.

나에게 오랫동안 공격을 받아 내 히트 앤 런 순서를 파악했을 무렵, 갑자기 이 녀석의 패턴은 변화하기 시작했다.

그전까지는 그저 단순한 촉수 찌르기 공격뿐이었으니 말이다.

'게다가 더 긍정적인 것은… 이 녀석의 촉수도 한계가 있다는 말이지!'

이것은 이런 상황에 이르러서야 알게 된 사실이지만, 굉장히 중요한 정보였다.

지금 내 뒤를 쫓는 저 수백 개의 촉수들은 맨 처음 벨라를 구했던 무렵에 생성된 것들이다. 그때 생긴 것들이 지금껏 내 뒤를 쫓아오고 있었다.

만일 이 녀석이 이 이상 촉수를 더 조종할 수 있다면 아마 내려오는 내내 나를 노리는 촉수는 더 늘어났을 것이고, 굳이 밑에서 촉수를 대기시킬 것도 없이 지나가는 길목마다 촉수를 솟구치게 하는 것만으로도 나에게 치명상을 입힐 수 있었을 것이다.

하지만 녀석의 패턴은 아까 이후로 전혀 변하지 않고 있다. 이는 곧 녀석의 촉수에 한계가 있다는 의미와 같다.

'그 숫자는 물론이고… 아마도 거리에도 제약이 있을 테지.'

녀석의 본체와 가까운 지금은 수백 개의 촉수가 나를 쫓고 있다지만, 불과 몇 분 전 내가 점액질 대지에 있을 때만 해도 고작해야 대여섯 개에서 열 개 가량의 촉수밖에 없었다.

만일 녀석이 거리에 상관없이 얼마든지 촉수를 사용할 수 있다면 내가 점액질 대지에 발을 딛는 순간부터 수백 개의 촉수로 공격을 했을 터. 본체와 가까이 붙은 지금에서야 이런 공격을 한다는 것은 거리에 따라 한계가 있다는 의미와 다를 바 없다.

'이대로 멀리 도망치기만 해도 내 승리다!'

물론 그 과정이 순탄치는 않을 테지만, 녀석의 공격 범위만 벗어날 수 있다면, 혹은 충분히 대응이 가능한 대여섯 개의 촉수가 나오던 지점까지만 갈 수 있다면 그것만으로도 살아난 것과 다를 바 없었다.

"좋아! 이대로 속도를 높여서 도망친다!"

이미 가속도가 붙을 만큼 붙은 이상 더 이상 빨리 움직이는 것은 불가능에 가까웠지만, 그럴수록 나는 더욱 도망 의지를 불태웠다.

이 상황에 절망해 봐야 나올 것도 없다. 막연하기만 하던 어둠에 실낱같은 것이나마 빛이 드리워진 상황, 그 빛을 붙잡기 위해 최선을 다해야만 했다.

하지만 이 상황 속에서 미처 내가 예상하지 못한 것이 한 가지 있었다.

쏴와아악!

"…으응?"

변기 물이 내려가는 소리라고 할까, 아니면 하수구의 물이 빠지는 소리라고 할까.

뒤에서 들려오는 이상한 소리에 고개를 돌리고 싶은 것을 꾹 참으며 노 젓기를 계속했지만, 내려가고 있는 경사면이 급격하게 낮아지고 있는데야 고개를 돌리지 않을 수가 없었다.

"…얼라리?"

나는 뒤에서 일어나는 일이 대체 무엇인지 궁금함을 참을 수 없어 고개를 돌렸다.

그곳엔 조금 전까지 내가 타고 내려오던 괴물의 본체는 어디로 갔는지, 평평한 점액질 대지만이 남아있을 뿐. 나를 쫓아오던 촉수조차 하나도 남아있지 않았다.

"사라졌다?"

'혹시 시간이 지나서 사라진 걸까?'

소환된 몬스터들의 경우 일정 시간 이상 잡히지 않았을 때 사라지도록 되어 있는 몬스터도 있다. 이는 보스 몬스터라고 하여 크게 다를 게 없는 만큼, 정말 점액 괴물이 사라진 것이라면 지금 나는 분명 구사일생으로 살아난 것이리라.

"주인! 뒤!"

하나…….

불―룩!

쿠르르르르―!

다시 고개를 돌린 내 정면에서 들려오는 기분 나쁜 소리와, 대지가 울렁이는 이 느낌은……. 분명 불과 몇 십 분 전 느껴본 바가 있는 것이었다.

쑤우우욱!

'반대편으로 도망쳐야 해!'

불쑥 솟아오르는 대지, 그곳을 통해 다시금 몸을 드러낸 녀석을 피해 반대편으로 재빨리 몸을 뺐었다. 하지만… 이미 그것을 학습한 녀석에겐 통하지 않았다.

'젠장! 촉수의 움직임에 제한이 걸리는 걸 알고 본체를 이동시키다니!'

어느샌가 내가 움직일 방향을 촘촘히 가로막고 있는 수백 가닥의 촉수를 보며, 배를 깔고 있던 복지부동의 상태에서 천천히 몸을 일으켰다. 그리고 다시 한 번 금빛 엄니를 꺼내 쥐었다.

도망치기는 이미 늦었으니, 발악이라도 해볼 심산이었다.

힐끗―

저 멀리 점액질 대지의 밖을 향해 열심히 몸을 끌고 있는 엠페러와 벨라가 보였다.

잠시 뒤, 그들이 무사히 바깥에 도달했음을 보고 나는 내심 안도의 한숨을 내쉬었다.

유저인 나는 이미 여러 번 죽음을 겪어본 데다 그 고통 역시 익숙했으니, 이곳 게임 속 세상을 현실로 살아가는 벨라와 엠페러가 고통을 겪지 않아도 된다는 것에 대한 안도였다.

'이젠 죽어도 여한이 없긴 하지만… 그렇다고 쉽게 죽어줄 순 없지!'

벨라와 엠페러의 안전이 확보된 지금, 이 이상의 싸움은 큰 의미가 없었다. 하지만 그렇다고 순순히 목을 내밀고 기다리기엔 당한 것이 너무 많다.

'조금이라도 갚아주고 가주마!'

어두침침한 와중에도 영롱한 금빛을 흘리는 단검을 날카롭게 꼬나쥐었다. 그리고 단검보다도 더 날카로운 시선으로 촉수들을 노려보았다. 촉수들은 경계라도 하듯, 나로부터 조금 거리를 벌리며 본체 위쪽을 향해 있는 내 뒤편까지 포위해 버렸다.

'이젠 정말 도망칠 곳이 없군…….'

등 뒤에서 느껴지는 촉수들의 기척에 내심 씁쓸한 웃음을 지은 나는 잠시 상황을 살피다, 마침내 앞으로 뛰쳐나갔다.

파앗!

"선수필승!"

싸움엔 선빵이 최고시다. 격언을 몸소 실천하며 용기 있게 뛰어나가긴 했지만, 결과는 이미 정해진 것이나 마찬가지였다.

'크윽! 역시 다구리엔…….!'

쉬쉬쉬쉭!

싸움에 있어 선빵보다 중요한 것은 머릿수라는 진리를 다시 깨우치며 정신없이 뒤로 물러서던 나는 문득 등 뒤에서 느껴지는 기척에 온힘을 다해 몸을 띄웠다.

파핫!

퍼퍼퍼퍼퍽!

뛰어오르기 무섭게, 조금 전 내가 서 있던 자리를 향해 수십 개의 촉수가 내리꽂혔다.

안도의 한숨을 내쉬던 찰나, 네가 뛰어오르길 기다렸다는 듯 정확히 뛰어오른 지점에 대기하고 있는 또 다른 촉수들이 보였다. 나는 한숨을 쉬었다.

"이 녀석… 배우는 게 너무 빠르잖아."

절체절명의 순간.

죽음을 직감한 내가 모든 걸 포기하고 눈을 감으려는 순간이었다.

〔피니시 무브를 사용하시겠습니까?〕

번뜩─!

희망에 다시 뜬 눈에 주변에 넓게 포진한 촉수들이 들어왔다.

"간다아앗!"

그러고는.

파파파파파파파파파파팡!

괴물의 본체 한편이 섬광으로 물들었다.

하얗게 물든 내 눈에 보이는 것은 오직 다음 발판이 될 촉수들과, 허공을 누비는 나를 잡기 위해 맥없이 주변을 휘젓는 촉수들의 움직임뿐.

천지개벽의 발동 상태에 들어간 내 감각에는 피니시 무브의 발동 영역 안에 있는 모든 것들의 움직임이 생생히 전해지고 있었다.

'이런 속도라면……!'

여태껏 사기적인 회피 능력으로 미꾸라지처럼 빠져나가는 나를 잡기 위해 촉수들은 촘촘히 모여 있었다. 그것은 오히려 이 순간 나에게 큰 기회가 되었다.

워낙 촘촘하게 모인 데다, 촉수로 화한 점액질은 단단함은 물론 탄성까지 갖추고 있어 천지개벽을 발동하는 최상의 발판이 되어주었다.

거기에 이전의 천지개벽 때와는 달리, 자그마치 1천 포인트가 넘는 힘 스탯이 추가되었다. 덕분에 생겨난 차원이 다른 각력은 여태껏 천지개벽을 사용했을 때 느끼던 속도를 아득히 뛰어넘는 어마어마한 속도를 만들어내고 있었다.

'더… 더… 조금만 더!'

슈파파파파파파파아—!

나는 마음속으로 몇 번이고 '더' 를 외쳤다. 내 몸은 이제 한 줄기의 가느다란 빛의 선처럼 보이기 시작했다.

번쩍이던 섬광이 그 범위를 줄여 나가며 얇은 선처럼 변했다. 밖에서 본다면 아마 그 위력이 약해진 듯 보이겠지만, 오히려 지금 내 몸은 그 어느 때보다도 강력한 힘으로 충만했다.

오히려 그 때문에 지금은 내 몸이 버텨줄지가 걱정되는 지경이다.

'체력 소모가 장난 아니구만!'

결국 너무나 빠른 속도를 버티지 못한 몸 곳곳에서 통증이 느껴지는가 싶더니, 이내 HP가 줄어들고 있다는 경고음이 들려왔다.

'하지만 이제 와 포기할 수는 없지!'

가느다란 실낱같은 희망이 굵은 동아줄이 된 지금, 내 스스로 줄을 잘라내는 미련한 짓을 할 리가 없다.

파————앙!

어느새 내가 만들어낸 소리는 더 이상 여러 번이 아닌, 하나의 소리가 된 듯 하늘에 장중한 메아리를 만들며 퍼져 나갔다. 빼곡한 밀집 형태를 이루고 있던 촉수들은 저도 모르게 바깥으로 벌어지기 시작하더니, 이제는 바람에 나부끼는 꽃가루처럼 사방으로 퍼져 나가고 있었다.

슬슬 시기가 무르익었음을 직감한 나는 어마어마한 기압 속에서 금빛 엄니를 앞으로 당겨 쥐었다. 그때, 때마침 밑에서부터 두 개의 목소리가 들려왔다.

"안티 피지컬 배리어! 골드 왕창 추가!"

"주인!"

내 빛이 점점 약해지는 것을 보고 위기로 착각한 건지, 나여주가 내가 있을 법한 곳을 향해 물리력에 저항하는 배리어를 시전하는 목소리였다. 다른 하나는 멀찍이서 상황을 보고 있던 엠페러의 목소리였다.

'이거라면……!'

너무나 빠른 속력에 미처 내가 있는 곳을 제대로 지정하지 못하던 촉수들이, 허공중에 나타난 배리어를 노리고 잔뜩 모여들었다.

나는 촉수들이 다닥다닥 붙어 여태까지와는 달리 커다란 덩어리가 되어 버린 배리어의 모습을 확인했다. 그리고 즉시 지금보다 훨씬 단단하고 탄력적인 발판을 향해 마지막 발을 내디뎠다.

그리고 동시에 외쳤다.

"역소환, 엠페러! 소환, 엠페러! 체인지 웨폰, 대검 모드!"

파아아앗!

저 멀리서 빛살로 화한 엠페러가 다시금 내 손에 소환되며, 금빛 엄니를 대신할 무기가 되었다.

이로써 할 수 있는 최상의 천지개벽을 위한 모든 준비가 끝났다.

단 영 점 몇 초의 시간. 엠페러는 소환 이펙트에 살포시 감은 눈을 뜨고 눈앞의 적을 인지했다.

보통의 사람이라면 숨 쉴 수조차 없는 이 순간, 이 공간, 이 인지의 범위 안에 유일하게 서로를 알아보는 나와 녀석. 그것을 확인한 나는 마침내 팔을 길게 내질렀다.

"천지개벽!"

빠아아―――――앙!

내가 지나온 뒤쪽으로부터 기다란 폭음이 울려 퍼지고, 세상은 내가 만들어낸 파괴에 전율하기 시작했다.

쿠구구구구구구구궁!

솟구치는 버섯구름, 비산하는 괴물의 파편, 시야에 보이는 것은 폭발의 빛도, 괴물의 깊고 어두운 몸 속도 아닌 세계.

짧은 순간 새로운 세상이 눈앞에 펼쳐졌다.

'…여긴?'

후우우우웅―!

티티티티틱!

내가 세상의 이상을 감지했을 때, 뒤늦은 바람이 먼지구름을 날카롭게 갈랐다. 얼굴에 닿는 따끔한 모래의 감촉이 나를 현실로 이끌었다. 바닥이 생각보다 너무 가까워 보여 다시 눈이 감겼다.

'끝… 이군.'

츠츳―!

끼기긱—!

그리고 그사이, 비틀어진 하늘이 제자리를 찾았다.

◈ ◈ ◈

"흠……. 저런 시너지라니. 솔직히 상상도 못했어."

"애당초 히든 클래스 백수는 일종의 재미로 만든 거였으니……. 전혀 생각지도 못한 활용 방법입니다."

"그보다도 저 천지개벽이란 피니시 무브도 문제야. 스킬이 스탯의 영향을 받는 거야 당연하지만… 다른 스탯 없이 오직 힘 스탯만으로 저렇게까지 극단적으로 위력이 올라가는 것도 문제가 있어 보이는군."

화면 속 거대한 크레이터에서 천천히 몸을 일으키는 제로. 천지개벽의 밸런스에 대해 말하는 박중혁 부장의 말에, 같이 지켜보던 부하가 쓴웃음을 지으며 말했다.

"저런 방식의 스킬은… 예전에 꼬맹이가 개발 과정에서 암살자 클래스의 필살기로 만들었다가 폐기했던 건데 말이죠."

"응? 저런 엄청난 걸 폐기했다고? 저 스킬 하나만 보고 어쌔신 키운다는 녀석들도 넘쳐날 거 같은데?"

"화려함만 보면 당연히 그렇긴 하지만… 저 속도에서 균형감각을 잃지 않고 움직이는 게 어디 보통 사람한테 가능한 일이겠습니까? 스탯에 의한 공격력 증가도 분명 같은 맥락이죠. 1천이 넘는 힘으로 무차별적으로 튀어 다니고, 그 상황에서 주변을 살피고 겨우 300 남짓한 민첩 스탯으로 균형을 잡으면서 정확하게 몬스터를 타격하는 건… 우리 꼬맹이 아니고선 불가능한 일이죠."

"흠… 그도 그렇군."

사실 화면에 나타난 천지개벽의 결과는 정말 그 이름만큼이나 엄청나긴 했지만, 분명 이를 사용할 수 있는 것은 대로의 특별한 신체 능력과 우연히 맞아떨어진 최적의 환경 덕분이다. 아무나 사용할 수 있는 게 아니었다.

"하지만… 저 재능의 밸런스 조절은 필요할 것 같군."

"확실히 그렇네요."

지금 대로가 펼친 천지개벽은 워낙에 최적의 조건에서 최상의 도움과 최고의 신체 능력을 바탕으로 했기에 엄청난 위력을 뿜어낸 것이다. 하지만 사실 저런 위력이 나온 데는 단순히 조건이 좋았던 것만이 이유는 아니었다.

"그렇다고 이제 와서 피니시 무브의 스킬 분류를 바꿀 수도 없는 노릇이니……."

백수의 전용 재능, 잡학다식.

공통 스킬의 효과를 500% 상승시키는 괴랄한 이 재능은 오리지널 스킬조차도 공통 스킬로 분류를 하고 있었다. 이름은 오리지널이나, 캐릭터 직업에 관계없이 전수가 가능하기 때문이었다. 물론 전수를 받는다고 모두 사용이 가능한 것은 아니지만, 어쨌든 습득이 가능했으니 공통 스킬로 분류가 되는 것이었다. 그렇기에 같은 맥락으로 피니시 무브 역시 공통 스킬로 분류되며 잡학다식의 강화 대상이 되는 것이었다.

"저 녀석을 어떻게 해야 할까……."

박중혁 부장의 이마에 깊은 골이 패였다.

같은 시각, 자신으로 인해 아버지의 이마에 깊은 골짜기가 생겨났으리라고는 꿈에도 모르는 아들은…….

"푸하!"

"푸엡퉤엣!"

모래 속에 박힌 머리를 끄집어내며 살아 있다는 증거, 맑은 공기를 잔뜩 들이마시고 있었다.

"후, 하! 후, 하!"

"퉤퉤! 주인! 에퉤퉤퉤! 다음부터는… 찌르고 나면 역소환 좀 해줘라! 에베퉤퉤!"

"뭐… 착지 문제를 해결하긴 해야겠어."

워낙에 강력한 위력으로 펼쳐진 천지개벽인 탓에, 괴물의 중간 부분에서 본체의 중앙을 향해 비스듬히 펼쳤더니 모래로 이루어진 바닥을 뚫고 들어가서도 쉽게 멈춰지지가 않았다. 본래대로라면 쓰고 나서 안정적으로 바닥에 착지하거나, 엠페러를 지지대 삼아 찌른 정중앙에 멈췄어야 했음에도 말이다.

뭐, 이번 경우는 지형이나 스킬의 발동 과정에서의 특수성이 있었기에 생겨난 결과긴 하지만… 앞으로도 이런 일이 없으리라고는 장담할 수 없는 만큼 나중을 위해서라도 생각을 해두는 것이 좋을 듯싶었다.

"그나저나… 화려하게도 해 먹었구만."

"…이게 우리가 만든 건가, 주인?"

천지개벽의 위력을 강화한 강력한 힘, 수백 개의 촉수라는 여태까지와는 다른 단단한 지지대, 그리고 마지막 순간 강력한 발판이 되었던 배리어와 최강의 검이라는 보기 드문 조합. 뛰어난 위력이 나올 것이라곤 생각했지만 설마 하니 이만한 크레이터를 만들어 버릴 것이라곤 꿈에도 생각 못했다.

덕분에 족히 수십 미터는 될 법한 구덩이 속에서 나는 보스의 죽음과 함께 다시 푸른빛을 되찾은 하늘을 올려다볼 수 있었다.

"제로오오오!"

"야, 살아 있어?!"

때마침 저 멀리서 들려오는 반가운, 그리고 아직은 조금 어색한 목소리에 시선을 돌려 그곳을 바라봤다.

"어~ 살아 있다~!"

허공을 향해 팔을 휘젓는 것으로 저 멀리 있는 두 여자에게 무사함을 알린 나는 드디어 상황이 일단락되었다는 생각에, 모래사막의 뜨거운 바람을 맞으며 기분 좋은 미소를 흘렸다.

내 미소를 확인한 벨라는 반색한 얼굴로 더욱 빨리 달려왔고, 나여주는 잠시 미묘한 표정을 지었지만 그렇다고 뛰어오는 것을 멈추진 않았다.

그렇게 마침내 그녀들이 우리 곁에 도착하는 순간.

쿠르르릉—!

쩌—억!

"꺄아아악! 사람 살려! 보디가드! 보디가드 다 어딨어어어!"

"꺄악! 꺄아아악! 꺄악! 악! 악… 아, 맞다! 내 방패는… 있구나? 그럼… 꺄아아아악!"

"주인! 빨랑 역소환시켜 줘라! 주인!"

세 개의 비명은 어딘지 모를 어둠 속으로 빨려 들어갔다.

그리고 어쩌다 보니 가장 마지막에 떨어지게 된 나는 우리를 반기는 깊은 무저갱을 보며 눈살을 찌푸렸다.

"아 나……. 이거 퀘스트 언제 끝나?"

따르르릉!

〔현재 시각! 오전 7시 50분! 학교 갈 시간입니다!〕

〔게임을 종료하시겠습니까?〕

아침을 알리는 경쾌한 알람음 속.

오늘만 두 번째 추락을 하며, 펠라로 윅스에서 우리는 자취를 감췄다.

Chapter 5

심해왕의 신전

사립 명문 동해 고등학교의 쉬는 시간.

명문이라는 이름이 달렸지만, 실상 공부와는 동떨어진 이 학교의 쉬는 시간은 언제나 소란스러웠다. 하지만 오늘의 소란스러움은 평소보다 더한 면이 있었다.

"그러니까 일단은 내가 가지고 있는 함정 설치 세트로 우리가 가는 길목에 전부 함정을 깔아놓는 거지!"

"…스킬은 있고?"

"그거야… 만들다 보면 생기겠지. 아, 그리고 내가 가진 포션 중에……."

나불나불, 따불따불.

끝이 없는 나여주의 수다에 대꾸하기를 십 분여, 나는 평소와 다른 이 비일상에 극도의 피로를 느끼고 있었다.

'분명 평소와 다를 바 없었을 텐데…….'

언제나와 같이 학교에 등교해 아무와도 인사하지 않고, 아무와도 대화하지 않는… 지극히 평화롭고 평범한 하루를 시작한 나에게 오늘은 정말 악몽과도 같은 날이었다.

'어쩌다 같이 떨어져서는……!'

연신 리버스 라이프의 아이템이며 시스템에 대해 설명하며, '우리' 가 발견한 던전의 예상 공략법을 공책 한 권 분량이나 준비해 온 나여주는 잔뜩 흥분한 모습이었다.

"그러니까 거기서 반응을 하면……. 아니, 이런 건 역시 실제로 해봐야 할 텐데! 아아~ 빨리 집에 가서 게임하고 싶다!"

머릿속으로 게임을 하는 것에 지쳤는지, 들고 있던 공책을 북북 찢어 허공에 뿌린 나여주는 떨어지는 공책 조각들을 꽃가루처럼 흠뻑 맞으며 큰 소리로 외쳤다.

설명해 놓고 보니 정신 나간 여자 같지만, 그녀의 절세 미모와 하늘에서 흩날리는 종이 조각들은 주변의 상황과 관계없이 이를 한 폭의 그림처럼 보이게 만들었다.

물론…….

"…크흠."

조금 전 수업종이 울리지만 않았다면 말이다.

뒤에 선 선생님의 헛기침 소리를 들었는지, 나여주는 꿈꾸듯 살포시 감고 있던 두 눈을 동그랗게 뜨더니 곧장 뒤돌아서 선생님의 양손을 덥석 잡았다.

"그런 의미에서 말이죠, 선생님! 저 오늘 조퇴하고 싶은데요!"

"…그, 여주 학생? 아무리 그래도, 게임을 하려고 조퇴는… 조퇴 사유서에 적을 수가……."

차마 이 학교의 공주님이신 나여주의 말을 정면에서 거스를 수는 없었는지, 선생님은 슬쩍 눈을 피하며 그렇게 말했다. 아마도 이 상황을 빨리 벗어나고자 하는 마음과, 교사로서 학생의 일탈을 제지해야 한다는 마음이 한데 충돌하며 나타나는 모습이리라.

"으음… 그럼 생리통으로 할까요? 아, 너도 같이 가자! 같이 가야 게임하지!"

"……."

얘는 부끄러움이 없는 걸까.

선생님의 마음고생이 무색하게도 아무렇지도 않게 여학생들만의 절대 비기를 꺼내들며 나에게 조퇴를 권유하는 나여주의 두 눈은 기대와 흥분으로 가득 차 있었다.

"…나는 생리를 안 한다."

"아참! 그렇지……."

이제야 깨달았다는 듯 작게 탄성을 내지른다. 이어 굉장히 아쉬운 눈으로 책상에 가려진 내 하반신을 지그시 쳐다보는 시선에 나는 저도 모르게 움찔, 다리를 오므렸다.

"…그럼 우리 수업할까?"

나여주의 폭주를 막은 내 대답에 적잖이 안심했다는 듯, 아까보다 한결 여유 있는 표정이 된 선생님은 나여주를 자리까지 에스코트하고는 다시 교탁으로 돌아갔다.

그리고 나 역시 수업 시간 동안만큼은 나여주의 수다로부터 자유로울 수 있다는 생각에 여유로운 미소를 지으며… 책상에 엎드려 잠을 청했다.

'늘 가수면 모드로 게임을 하긴 하지만… 확실히 실제로 자는 것에 비하면 훨씬 피곤하니까 말이지.'

물론 이는 고등학교 과정의 공부를 모두 끝마친 나였기에 가능한 행동이긴 했다. 그리고 이런 내 행동에 대해서 제지하는 사람은 아무도 없었다.

애당초 선생님이고 학생이고, 정체불명의 뒷배를 가진 나와 말을 하는 것을 꺼려하기도 하거니와, 학교생활을 미래 사회생활의 예비 훈련장 정도로 생각하고 있는 이곳의 학생들은 경쟁자 하나가 저 혼자 떨어져 나간 것에 대해 오히려 내심 기뻐하고 있으리라.

누가 뭐래도 학교 성적표는 평생 남는 것이니 말이다.

'으음… 날도 포근하고… 잠이 쏟아진……?'

포근한 봄날의 햇살을 받으며 막 잠을 청하려던 그때.

드르륵— 드르르륵!

나는 몰려들던 수마를 쫓아내는 거친 파열음에 놀라 고개를 돌려 소리의 진원지를 찾았다.

워낙에 소리가 큰 탓에 나뿐만 아니라 선생님을 포함한 반 학생 모두가 들은 것인지 모두의 시선이 소리가 나는 곳을 향해 있었다. 나는 이런 상황임에도 뻔뻔하게 소리를 내며 움직이고 있는 책걸상과 그 주인의 모습을 확인한 뒤, 다시 팔뚝 사이로 얼굴을 밀어 넣었다.

그리고 잠시 뒤.

드르르… 탁!

내 책상에 무언가 닿는 소리가 들렸다.

'제발… 제발… 신이시여……!'

일평생 믿어본 적도 없는 신을 속으로 부르짖으며 제발 '그것' 이 아니길 기도한 내가 질끈 눈을 감아 억지로 잠을 청하던 그때. 외따로 떨어져 있던 내 책상에 기어코 자신의 책상을 이어 붙인 주인공은 바깥에 나와 있는 내 귀에 뜨겁고 달콤한 숨결을 불어넣었다.

"내가 곰곰이 생각해 봤는데… 포션 말야……. 내가 갖고 있는 화염 저항 포션으로……."

소곤소곤, 속닥속닥.

귓속을 파고드는 소곤거리는 목소리를 들으며, 세상에 신이 없음을 새삼 확인한 내 눈가에는 이유를 알 수 없는 눈물이 맺혔다.

◈ ◈ ◈

한쪽에서 고통과 인내의 시간이, 그리고 다른 한쪽에서 평범한 학교의 수업 시간이 흐르던 그 순간.

또 다른 한편에는 남들 모르게 검은 오라를 흘리며, 그 고통과 인내의 시간이 흐르는 공간을 노려보는 사람이 있었다.

'젠장! 결국 빽이 문제였단 말이지!'

나여주와 박대로가 있는 창가 쪽과 완전 반대편 자리에 위치한 그 학생은 분명 같은 교복을 입고 있음에도 다른 학생들과 조금 다른 모습이었다.

다리의 윤곽을 잘 드러내는 팍! 줄인 교복 바지와, 앙상한 몸에 딱! 맞는 교복 셔츠, 그리고 잠겨 있지 않은 단추들이 단정하게 교복을 입은 다른 학생들과의 이질감을 드러내며 동시에 그의 정체를 짐작케 했다.

그리고 이렇게 입고 있음에도 불구하고 학교 특성상 아무런 활약이 없는 이 학생은 바로 동해 고등학교의 자칭 일진, 소성진이었다.

이 학교에서 그가 맡은 포지션은 아주 간단했다.

여백.

있어도 허전하고, 없어도 허전하다. 그것이 그가 맡은 이 학교에서의 역할이고 위치였다.

사실 그도 그럴 것이 차려입은 것에 비해 이 학교에서 할 수 있는 것이 전혀 없는데다가, 그의 집안 특성상 이 학교를 이루고 있는 여러 파벌 중 어느 곳에도 함부로 끼기 어려운 처지였기 때문이다.

이곳 동해 고등학교는 명문의 귀족 고등학교답게 그 구성이 여러 파벌로 이루어져 있다. 대개 정치가 계통의 부모를 둔 정치파와 다양한 학문과 관련하여 많은 명예를 지닌 쪽의 학자파, 그리고 가장 많은 수를 차지하는 다양한 사업 분야의 큰손인 부모를 둔 상계 재벌파로 나뉘어져 있다.

물론 이 외에도 대로나 나여주가 속한, 아무도 건드리지 않고 아무도 막지 못하는 '막가파' 라는 특수한 경우가 존재하긴 하지만, 가진 영향력에 비해 전 학년을 통틀어 두 명뿐이기에 따로 파벌로 분류되지는 않았다.

그리고 앞서 분류된 파벌들과 달리 막가파처럼 소수이긴 하지만 나름의 구성을 가진, 파벌 아닌 파벌이 두 곳 존재했다. 하나는 학자파와는 달리 진정으로 공부를 위해 학교를 온 학생들의 모임, 학구파였다. 다른 하나는 지금 소성진과 같은, 뒷 세계의 인물을 부모로 둔 악당파다.

이들 악당파는 본래대로라면 동해 고등학교의 입학 과정에서 모두 걸러졌어야 하지만, 이들 부모의 물심양면한 지원 아래 억지로 입학한 이들이다. 그런 특별한 입학 배경 탓인지, 단순히 서로의 이익을 위해 모인 다른 파벌에 비해 유달리 끈끈한 정으로 이루어져 있기도 했다.

하지만 그들의 정이 특별하다고 한들 이 학교에서의 영향도 특별한 것은 아니었다.

보통 쉽게 생각한다면 이들 악당파는 별다른 뒷배가 없는 학구파를 상대로 부모님께 물려받은 본업(?)에 충실할 것이다. 그러나 이들 학구파의 미래를 선점하고자 연일 그들에게 러브콜을 보내는 다른 거대 파벌의 관심 탓에, 사실상 악당파가 이 학교에서 할 수 있는 것은 아무것도 없었다.

물론 세상일이 언제나 깨끗하지만은 않기에 알게 모르게 그들을 찾는 다른 거대 파벌의 인물들도 있지만, 대개 그들이 원하는 것은 악당파의 부모님들이 가진 힘이었다. 또한 다른 파벌의 학생들은 그들을 쓰고 버리는 말처럼 생각할 뿐이었다. 때문에 이곳 학교에서 악당파의 학생들은 그저 여백이라고밖엔 표현할 수 없는 수준의 취급을 받고 있었다.

여백들은 다들 자신의 처지를 알고 있었다. 때문에 학교에서

각 파벌에서도 큰 힘을 가진 이들과 친해지기 위해 항상 꼬리를 흔들고 다녔는데, 이중 소성진은 굉장히 특이한 선택을 한 것으로 악당파 사이에서도 유명인사였다.

'나여주……! 내가 그렇게 잘해줬는데!'

소성진이 선택한 거대 파벌의 인사는 자그마치 나여주!

처음 그는 뭣도 모르고 이 학교에서 가장 거대한 배경을 지닌 인물을 찾다가 나여주에게 들러붙었다. 시간이 지나 나여주의 미모와 호쾌한 성격에 꽂혀, 올해로 자그마치 3년간이나 알게 모르게 시중을 들고 있는 인물이었다.

다만 정말로 알게 모르게 시중을 드는 탓에 시중을 받고 있는 나여주조차 그 존재를 모른다는 것이 문제였을 뿐…….

어쨌거나 그는 나여주 가문의 데릴사위를 목표로 3년째 공을 들이고 있었는데, 어느 날 뜬금없이 나타난 녀석이 이 학교 최고의 배경을 지닌 나여주와 정면으로 맞붙는가 싶더니, 어느새 나여주의 바로 '옆에 앉아 밀담을 속삭이고' 있다.

물론 '옆에 앉아'의 앞에 '억지로'가 생략되었고, '속삭인다'는 '속삭임을 당하고 있다'로 표현이 되는 것이 정확하겠지만…….

소성진의 시선엔 모두 전자의 것으로 보이고 있었다.

진실이 어쨌건 두 사람의 다정한 모습을 보고 있는 소성진의 눈에는 깊은 증오와 분노, 그리고 애증이 스쳐 지나갔다.

그가 복잡한 시선으로 그 둘을 지켜보던 그때, 엎드린 대로에게 무언가 계속해서 속삭이던 나여주가 고개를 크게 갸웃거리더니 번쩍 손을 들며 말했다.

"선생님! 대로가 몽정한 거 같아요! 조퇴해야 할 거 같아요! 아, 저도 생리 때문에 조퇴 좀 해야……."

우당탕탕!

모두의 시선이 황당함으로 물든 그 순간, 자리에서 벌떡 일어난 대로는 나여주의 손을 이끌고 교실을 박차고 나갔다.

그 상상도 할 수 없던 기묘한 조합에 반의 모두가 술렁거리는 찰나, 이를 묵묵히 보고 있던 소성진이 자리에서 벌떡 일어나며 외쳤다.

"아냐! 이럴 순 없어! 그런 불한당한테……. 박대로, 이노오오오오옴!"

쿠당탕!

뒤이어 소심한 반항의 상징으로 은근한 갈색으로 물들인 머리를 쥐어뜯으며, 소성진이 교실을 박차고 나갔다. 그러자 반의 학생들 모두는 잠시 소성진이 앉아 있던 자리를 쳐다보다 이내 관심 없다는 듯 각자 속삭이기 시작했다.

"처음엔 나여주 쪽의 일방적인 괴롭힘인 거 같았는데… 연합이라도 한 걸까?"

"하지만 여전히 박대로 쪽 집안은 어떤 곳인지 알지 못하는데?"

"공주라면 어떻게든 알아내지 않았을까? 물론 확신은 없지만……."

"도박했다고는 생각 안 해?"

"그렇다면 우리 구역의 판도가……."

중얼중얼, 속닥속닥.

두 사람의 청춘 남녀가 수업 중에 자리를 박차고 나갔음에도, 그들이 관심을 두는 것은 오직 그로 인해 바뀔 세력 구도의 변경과 각 파벌의 이익, 손해에 대한 것이었다.

그들이 있는 이곳 동해 고등학교는 티격태격하던 두 남녀가 사랑에 빠지는, 그런 허무맹랑한 로맨스가 성립하지 않는 세상이기 때문이다.

나여주의 손을 잡아끌어 옥상으로 향하는 계단까지 끌고 온 나는 그제야 그녀를 놔주었다.

"대체 왜 그래? 물론 어제 게임에서 도와준 일은 고맙다고! 그것에 대해 감사 인사도 했고, 던전에 같이 빠졌으니 학교 마치고 같이 공략하기로 했잖아! 그런데 자꾸 이렇게 행동하면 어떡해?"

"뭘 어떡해? 같이 게임하러 가는 거지!"

"아무리 그래도 몽……! 야, 너 몽정이 뭔지 알고 한 소리야?"

"왜? 몽정하면 쪽팔려서 학교에 못 있잖아? 그럼 집에 가야지! 그러면 게임할 수 있지!"

"이… 이… 어휴……."

너무 당당한 그 태도에 뭐라 할 말을 찾지 못해 한숨을 푹푹 쉬고 있자, 나여주는 이번엔 내 팔에 매달려 애걸복걸하기 시작했다.

"응응? 나 빨리 하고 싶어! 으응? 빨리이이~!"

"안 돼! 학교 끝나고 하기로 했잖아! 그때 실컷 같이 해줄 테니까… 학교에선 좀 가만히 있어!"

"히잉… 하지만……."

어서 빨리 던전을 탐험하고 싶다는 열망을 같은 게이머로서 이해하지 못하는 것은 아니었다.

미지로의 모험.

새로운 몬스터, 새로운 지역, 새로운 아이템.

그 모든 것이 모인 곳이 바로 리버스 라이프의 던전으로, 보통 여타 게임들의 던전이 흔한 사냥터인 것에 비해 리버스 라이프에서 던전이란 정말로 희귀한 사냥터였다. 특히 그 희소성만큼이나 많은 경험치와 대단한 아이템들을 주는 탓에, 그야말로 대박. 곧 모든 유저들의 꿈과도 같은 곳이었다.

그런 던전을 눈앞에 두고 학교를 가기 위해 나와야 했으니 눈이 돌아가는 것은 이해하지만… 이 여자, 분명히 게임에 너무 몰입한다고 나를 경멸하지 않았던가.

'게다가 이 태도 변화도 이상해.'

벨라의 위기 속에서, 이성을 잃고 위험을 자처하는 나를 보며 그녀는 분명 나를 혐오하고 경멸했다. 나를 보던 그녀의 눈은 흥미가 완전히 식어 있었다.

그런데 이제와 갑자기 이런 태도를 보이다니, 나로선 도저히 이해할 수가 없었다. 사실 애당초 게임에서 도움을 준 것부터가 이해가 되지 않는 것이었다.

그렇게 싫다는 티를 팍팍 내놓고, 위기 상황이 되니까 갑자기 결정적인 도움을 주다니……. 단순히 이해하기 힘든 여자의 마음으로 설명하기엔 너무 극적인 변화였다.

'결과가 나쁘지 않으니 대놓고 추궁하기도 그렇고…….'

어찌 됐든 오늘 게임을 종료하기 전 도움에 대한 대가로 던전 공략을 함께 진행하기로 약속한 이상, 얼마간은 같이 게임을 해야 할 터. 나서서 분위기를 서먹하게 할 수도 없었다.

이대로 더 버티는 수밖에 없었다.

'어쨌든 던전만 마치면 더 이상 들러붙을 이유는 없어질 테니까…….'

그렇게 조금만 참자라는 생각으로, 여전히 팔에 매달려 '하자!'를 외치는 나여주를 이끌고 별다른 소득 없이 계단을 내려가야만 했다.

그리고 잠시 뒤…….

그들이 사라진 계단의 바로 아래층 근처에서 둘의 대화를 엿듣고 있던 소성진은 너무 세게 쥐어뜯어 찢어질 뻔한 교복 상의를 정리하며 생각했다.

'크윽, 결국 게임을 하자는 말이긴 했지만… 나여주가 남자한테 애걸복걸하며 하자고 조르는 것을 보게 되다니……!'

대로와 나여주보다 한발 늦게 교실을 뛰쳐나와 그 둘을 미행한 소성진이 엿들은 부분은 '빨리 하고 싶어!' 라고 외치는 부분이었다. 덕분에 하마터면 그 자리에서 기절할 뻔했지만, 오랜 시간 나여주 곁에서 인내하며 살아온 경험을 토대로 이성을 붙잡은 끝에 겨우 그들이 게임 이야기를 하고 있다는 것을 알아차린 그였다.

"리버스 라이프를 하고 있다는 말이지……?"

사실 리버스 라이프를 하는 게 그리 이상한 것은 아니다.

리버스 라이프는 남녀노소를 불문하고 현재 최고로 인기 있는 게임이었다. 꽤 비싼 게임 접속기가 필요하지만 동해 고등학교 학생 중 리버스 라이프를 안 하는 사람이 없었다.

물론 개중에는 게임을 그다지 즐기지 않는 학생들도 있지만, 현 시대의 트렌드라고 할 수 있는 리버스 라이프기에 다른 학생들과의 사교를 위해서라도 게임을 해야만 했다.

그리고 소성진의 경우는…….

'형님들이 레벨이 몇이더라?'

본인을 포함, 조직 사람치고 게임을 안 하는 인물이 드물었다. 또 그들 대부분이 꽤 높은 레벨을 가지고 있었다.

워낙 다양한 이권 사업에 문어발식 개입을 하고 있는 소성진네 조직은 이전부터 게임 속에서 오가는 금전의 가치에 대해 주목해 왔다. 그리고 이를 통해 꽤 짭짤한 수익을 내고 있었다.

그러던 와중 올해 드디어 전 세계가 주목하는 게임 리버스 라이프가 오픈했고, 이에 자연스레 합류하여 직접 가상현실 게임을 접해본 소성진의 아버지가 그 가치를 알아보고 큰 투자를 했다.

조직의 업무 특성상 시간이 많은 조직원 모두가 리버스 라이프에 투입되었다. 그 덕에 소성진은 어부지리로 게임 내에서 꽤 높은 레벨과 강력한 기반을 얻어, 지금은 리버스 라이프 내에서도 유명한 길드의 길드원으로 합류해 있는 상태였다.

필요에 따라서는 그들의 힘 역시 빌릴 수 있을 터.

'현실에서는 내가 어떻게 못할 테지만… 게임이라면…….'

게임 속 나여주와 박대로의 관계가 어떠한지는 알 수 없지만 그들 간의 연결 고리는 게임임이 분명했다. 지금 소성진이 가진 능력이라면 그 연결 고리를 끊고도 남으리라.

'거기에 나여주가 반할 만한 활약을 보여주기라도 한다면……?'

뭔지 모를 망상을 하는 소성진의 입가에 조금은 늘어진 웃음이 걸렸다.

'그렇다면 일단은 정공법으로 가볼까……?'

번뜩.

둘 사이를 갈라놓을 계략을 생각하는 소성진의 눈동자에 야비한 기색이 일렁였다.

학교가 끝난 방과 후.

평소와 달리 해방감이라곤 없는 하교를 마치고 집에 들어섰다. 나는 그동안과는 달리 곧장 접속 캡슐을 찾아야만 했다.

'어휴… 약속이니 어쩔 수 없지…….'

평소라면 저녁도 먹고, 집안일도 하고, 세상 돌아갈 일도 알 겸 뉴스나 인터넷 웹서핑도 좀 하고, 마지막으로 운동까지 하는 여유를 만끽하고 나서야 조금 이른 잠자리에 드는 느낌으로 게임에 접속하던 나였다.

그렇게만 해도 하루가 현실의 여섯 시간인 리버스 라이프에서는 이틀 가량 활동하게 되기에, 게임 플레이에 부족함이 없었던 탓이다.

하나 오늘은 달랐다.

매 수업 시간마다 규모가 커지는 나여주의 소란을 잠재우기 위해 적당한 당근을 내밀 필요가 있었고, 결국 학교가 끝나는 즉시 리버스 라이프에 접속하기로 약속해야 했다.

"으으… 오늘따라 게임하기가 싫네."

최근 게임에 재미를 붙인 덕분에 나 역시 던전에 대해 많은 흥미를 가지고 있긴 하지만, 오늘따라 괜히 게임에 들어가기가 거북했다.

하지만 게임에 안 들어간다고 한들 현실에서는 불가항력으로 얼굴을 봐야만 했으니, 그야말로 어쩔 수 없는 노릇이었다.

"에라이, 모르겠다! 접속!"

푸쉬시시식!

—삐이! 접속을 시작합니다.

〔환영합니다. 박대로 님.〕

눈을 감은 내 귓가에 언제나와 같은 시스템의 기계음이 들려왔지만… 오늘은 왠지 목소리가 유달리 차가웠다.

그래서였을까?

"왜 이렇게 늦었어!"

빼—액!

접속과 동시에 들려오는 목소리조차 쌀쌀맞았다.

"…나름 빨리 들어온 건데."

"나랑 약속을 했으면 미리미리 헬기도 불러놨어야지! 설마 차타고 하교한 건 아니겠지?"

아까 학교 끝날 시간에 맞춰서 옥상에서 헬기 소리가 들리던데… 너였냐?

"아니… 그보다 차는커녕 버스 타고 다니는데……."

"…버스?"

뭔가 생소한 단어라는 듯 고개를 갸웃거리던 나여주는 한참이 지나서야 손뼉을 치며 외쳤다.

"아, 그거, 알록달록한 거? 교과서에서 봤어. 가끔 도로에서도 봤고."

'…대중교통을 교과서에 봐야 할 정도냐?'

새삼 혀를 내두른 나였지만, 그렇다고 딱히 부러운 느낌이 들지도 않는다.

'그런 것따위……. 아무짝에도 의미 없으니까.'

물론 누군가에겐 절실할지도 모르는 것이지만, 최소한 내 경험한 바에 의하면 그렇다.

인간을 인간으로 보지 않는 그런 것은…….

팡—!

"뭐해, 빨리 가자!"

상념에 잠겨 있던 내 등을 힘차게 휘둘러 친 나여주의 상쾌한 목소리에 퍼뜩 정신을 차린 나는 그제야 주섬주섬 물건을 챙겼다.

'몽키즈 핸드, 악어가죽 워커, 지하악왕의 가죽…….'

애시당초 평소 갖추고 다니는 장비들을 재확인한 것에 불과하지만, 어제의 전투가 워낙 격렬했던 탓에, 장비의 내구도가 많이 소모된 상태였다. 특히 어제 싸움에서 알게 모르게 가장 큰 활약을 한 악어가죽 워커 같은 경우에는 던전 공략이 끝나면 필히 수리를 해야 할 정도였다.

하지만 의외로 가장 많이 사용한 금빛 엄니는 별다른 내구도 소모가 없었는데, 아마도 장비의 설명대로 금모원왕의 어금니라는 설정 탓인지 유달리 튼튼하지 싶었다.

그렇게 내 장비를 모두 점검하고, 마찬가지로 딱히 확인할 것이 없는 벨라가 로브의 소매로 방패에 광을 내고 있을 때, 나여주 역시 묵직한 것을 챙겨들었다.

"웃샤!"

"……."

"……."

기합까지 내며 커다란 펭귄을 품에 안은 나여주는 동그란 펭귄 머리에 턱을 부비며 말했다.

"자, 가자!"

"가는 건 좋은데 말이지… 굳이 왜 엠페러를……."

"응? 아, 얘 이름이 엠페러야? 우후후, 어쩜 이름도 귀엽네!"

주물떡주물떡!

그렇게 말하며 엠페러의 튼실한 뱃살을 조물락거리는 나여주의 얼굴엔 만족감이 감돌았다.

"아니… 걔는 소환수라 굳이 안고 가지 않아도……."

"뭐어? 이 귀여운 애한테 이렇게 어둡고 무서운 길을 걷게 하겠다는 거야?"

"……."

무섭기로 치자면 엠페러의 부리나, 뭐가 들었을지 모를 가슴속 주머니가 더 무섭다만…….

"그리고 어제 보니까 얘 들고 칼로 썼잖아. 그럼 장비 아니야? 들고 가야지!"

묘하게 설득력 있는 헛소리에 잠시 할 말을 잃고 멍하니 있던 나는, 이내 고개를 돌리는 나여주를 보며 정신을 차렸다. 그리고 다시 한 번 엠페러에 대해 설명하고자 입을 뗐다.

아니, 떼려고 했다.

텁─!

내 입을 가로막는 짤막한 날개만 아니었다면 말이다.

절레절레.

가볍게 고개를 흔들어 보이는 엠페러의 얼굴엔 진중함이 묻어 있었고, 그 박력에 밀린 나는 한 걸음 물러섰다. 나여주는 이를 눈치채지 못한 듯 품속에서 조그만 완드를 꺼내며 앞장섰다.

"라이트!"

그 덕분에 나는 볼 수 있었다.

'크흑, 저 녀석!'

여태껏 어둠에 가려 진중함으로 위장하고 있던 엠페러의 음흉한 미소를… 나여주의 풍만한 가슴 사이에 머리를 기댄 안정적인 자태를 말이다.

나여주의 품 안에서 승리자의 권태로운 얼굴을 한 엠페러가 슬쩍 나를 돌아보며 날개 어디서 솟아오른 것인지 모를 엄지를 치켜세웠다.

처억―!

'확, 역소환해 버릴까?'

엠페러의 이상한 기색에 나여주의 시선이 자신을 향하자, 녀석은 곧장 필사적으로 웃음을 참으며 엄격, 근엄, 진지함을 내세우고 있었다. 그 모습을 보며 어쩐지 배알이 꼴려 역소환을 할까 생각하기도 했지만, 당장 어제만 해도 역소환 덕분에 한바탕 홍역을 치렀기에 차마 그럴 수가 없었다.

'흐음, 그나저나 몸매라…….'

어제도 잠깐 말했지만, 나여주는 여행자로서는 여러모로 결격사유가 가득한, 몸에 착 달라붙는 드레스 같은 옷을 입고 있었다.

화려한 모습의 녹색 드레스는 분명 굉장한 능력치가 있는 장비처럼 보이긴 했지만… 아무리 그렇다고 해도 이런 던전 탐험에는 어울리지 않았다.

뭐, 보디가드들이 든 가마를 타고 다니던 몸이니 그런 것을 생각할 필요가 없었던 것이겠지만, 지금은 다른 장비를 입는 게 좋았다.

특히나…….

"보디가드 아저씨들은 아무도 못 들어온 거야?"

"응, 지금도 들어올 수 있는지 계속 시도하는 중이긴 한데……. 우리가 들어온 즉시 문이 닫혔다니까… 뭐, 인원 수 제한이 있든가 그런 거겠지."

나는 문득 우리가 떨어졌던 무저갱의 입구를 떠올려 보았다. 나는 아마도 그 부근의 흙을 열심히 파고 있을 보디가드 아저씨들에게 잠시 애도의 시간을 가진 뒤, 나여주에게 물었다.

"아무래도 도와줄 사람이 없을 것 같은데… 드레스보다는 다른 장비를 입어야 하지 않을까?"

마음 같아선 당장 그따위 옷 벗으라고 쏘아붙이고 싶지만, 현실적인 문제라든지 여러 이유로 차마 그럴 수가 없던 나는 최대한 말을 순화시켜 물었다. 그러자 나여주가 불쑥 고개를 돌려 나를 쳐다봤다.

"……."

"……."

불쑥 고개를 돌려 나를 쳐다봤다.

"……."

"……?"

고개를 돌려 '나를' 쳐다봤다.

"……."

"……!"

나?

한참의 시선 교환 끝에 나여주의 시선이 의미하는 바를 알아챈 내가 손가락을 들어 가슴팍을 가리키자, 나여주는 이제야 알아차렸냐는 듯 한심하다는 의미의 한숨을 내쉬며 고개를 절레절레 흔들었다.

나는 반쯤 뽑혀 나온 금빛 엄니를 인내 끝에 도로 밀어 넣으며, 혹시나 하는 마음에 나여주에게 물었다.

"…아까 학교에서 말한 아이템들 대부분 아저씨들이 갖고 있는 거지? 네가 그런 걸 관리하지는 않을 테니까."

"그야 당연하지."

뿌득.

천연덕스럽게 고개를 끄덕이는 나여주의 모습. 다시 내 품속에서 금빛이 솟구치기 시작했다.

'그냥 죽일까?'

순간, 욱하는 마음에 나여주의 배후까지 접근했지만… 차마 그럴 수는 없었다.

'후… 마법사만 아니었어도…….'

탱커(벨라)와 어태커(나)로 이루어진 우리 파티는 여태껏 벨라의 무지막지한 레벨빨과 엠페러의 모든 방어력을 무시하는 공격력으로 잘해온 편이지만, 사실 지극히 비정상적인 형태였다.

여러 디테일한 설정을 가진 리버스 라이프에서 회복과 관련한 아이템은 굉장한 가치를 갖고 있다. 대표적인 회복 아이템인 포션만 해도 다른 게임들과는 달리 만능도 아니고, 흔하지도 않다. 어제 내가 썼던 것처럼 천천히 체력 수치를 올려주는 포션도 세 개를 구입하는 데만 당시 묘지 사냥을 통해 얻은 골드 대부분을 소모해야 했다.

때문에 사실 리버스 라이프의 파티에는 무슨 일이 있어도 회복계 마법을 가진 성직자나 마법사가 필수적으로 필요했다.

하지만 그간 우리 일행은 이를 사기적인 능력치와 레벨로 없는 힐러를 커버하고 있었던 것이다.

하지만 이곳 던전은 입장을 위한 몬스터만도 300레벨대의 보스급 몬스터. 이미 가지고 있던 포션도 한 병밖에 남지 않았기에, 마법사인 나여주의 존재는 꽤나 귀중했다.

'그래도 아쉽긴 하네……. 그만한 아이템들이 있었으면 상당한 전력이었을 텐데.'

오늘 학교에서 나여주가 주구장창 설명한 상상 속 계획들은 모두 쓸모가 없어졌지만, 그 계획에 들어가는 다양한 기능의 아이템들은 사용하기에 따라 충분히 좋은 효과를 낼 수 있을 법한 것들이 많았다.

특히나 이렇게 아무런 정보도 없는 던전의 첫 탐험의 경우엔 더더욱 그랬다.

그런데 그런 아이템이 없다니… 실망할 수밖에.

"후후, 너무 그렇게 실망하지 말라고."

"……?"

실망한 기색이 너무 티가 났던 것인지, 나여주가 나에게 그렇게 말했다. 그러고는 이내 엠페러의 머리를 치우고 그 틈새에 손을 쑥 집어넣어 무언가를 꺼냈다.

"으, 응?"

샤샥!

그 자연스런 행동에 내가 당혹스러워하는 사이, 여태 나와 나여주를 가만히 지켜보고 있던 벨라가 눈치 빠르게 방패로 내 시야를 차단했다.

'크흠… 굳이 가릴 필요까지는…….'

내 앞을 가로막은 튼튼한 방패의 뒷면을 보며 조금 아쉬움을 표하던 내가 벨라의 눈총을 받는 사이, 나여주는 직접 자신의 품속에서 꺼낸 걸 높게 올려 보이며 말했다.

"나에겐 이게 있으니까 말이지!"

"…돈?"

그녀의 손에서 빛나는 것은 예상과는 다르게 반짝이는 금화였다.

그 금화의 의미를 알 수 없는 나로서는 고개를 갸웃거릴 수밖에 없었다. 하지만 나여주는 더 이상의 설명은 없다는 듯 의미심장한 웃음만을 지으며 앞으로 걸어 나갈 뿐이었다.

"……?"

나여주가 들어 보인 금화의 의미가 꽤나 궁금하긴 했지만, 저렇게 자신만만한데야 굳이 추궁할 필요는 없을 것이다. 애써 의문을 흘려 넘긴 나는 이내 던전의 환경을 관찰하기 시작했다.

"흠… 그러고 보니 여기는 꽤 습기가 있네."

또옥— 또옥—

"습기 정도가 아닌걸?"

종유석에서 떨어지는 물을 피하는 나여주를 보며, 문득 이곳이 자연 동굴이 아님을 알 수 있었다.

지금 우리가 입장한 이곳은 누가 봐도 '던전!' 이라는 외침이 나올 만큼 정석적인 형태의 던전이었다. 좌우는 물론 높이까지 높은 터널 형태였는데, 이곳 천장에는 빼곡하다는 말이 어울리는 많은 종유석들이 매달려 있었고, 바닥에는 군데군데 석주가 형성되어 있다.

그리고 그것이 바로 이곳이 던전을 위해 만들어진 전용 맵임을 알려주었다.

본디 석주는 종유석에서 떨어진 물과 이물질이 쌓여 형성되는 바, 천장에 저렇게 많은 종유석들이 있다면, 바닥에도 저렇게까지는 아니더라도 충분히 많은 석주들이 있어야 할 것이다.

하지만 바닥은 조금 울퉁불퉁한 형태일 뿐, 석주는 드문드문 보이는 정도고 그마저도 길 한가운데에 있는 경우는 극히 드물었다.

이런 비상식적인 맵의 구성은 분명 바닥에서 싸우게 되는 유저들을 배려한 것일 터. 이곳이 던전임을 확신할 수 있는 증거였다.

그리고 얼마 지나지 않아 조금 전 나여주가 보인 금화의 정체, 또 이곳이 우리가 빠졌던 펠라로 웍스와 관련이 있는 지역이라는 사실을 확실하게 알려주는 녀석이 나타났다.

키에에엑!

펄떡펄떡!

"거대… 아귀?"

"이제 거대는 빼도 되겠어."

처음 만남부터 끝까지 우리를 곤란하게 했던 거대 아귀, 그 크기만 보통 물고기만 하게 축소한 것 같은 몬스터가 열심히 꼬리로 몸을 튕기며 우리에게 다가오고 있었다.

"으음… 이 녀석 이렇게 보니 어쩐지 안쓰럽네."

자이언트 쉘은 다리라도 있어서 숲이고 모래사장이고 잘 걸어 다니는 데, 이 녀석은 이런 던전에서 나오는 주제에 다리가 없어서 꼬리를 퍼덕이는 것으로 우리에게 전진하고 있었다.

그리고 그 안쓰러운 모습을 보며 가까이 다가간 내가 금빛 엄니를 빼드는 찰나, 나여주가 외쳤다.

"조심해! 안티 피지컬 배리어!"

내가 점액 보스와 싸울 때 나를 도왔던 나여주의 마법이 다시 한 번 펼쳐졌다.

키에에엑!

투쾅!

쩌저저적!

"큭! 이 녀석, 공격력은 그대로인 건가?"

물리 공격력을 상쇄시키는 배리어 위로 아귀의 꼬리가 강타하자, 내 시야가 자잘한 금으로 물들었다.

키에에엑!

펄쩍!

'이 녀석, 반응이 빨라!'

배리어에 가해진 물리적 충격에 몇 걸음 물러서기 무섭게, 처음 그랬던 것처럼 꼬리로 몸을 높게 띄워 올린 아귀 녀석이 다시 한 번 꼬리를 크게 휘둘러 오기 시작했다.

'배리어는 버틸 수 없을 테니… 아크로바틱으로……!'

직감적으로 피할 수 없음을 깨달은 내가 아크로바틱으로 피해를 최소화하기 위해 몸을 움직이는 찰나, 다시 한 번 나여주의 목소리가 낭랑하게 울려 퍼졌다.

"골드 왕창 추가!"

번쩍!

그녀의 외침이 끝나기 무섭게, 순간 눈앞이 금빛으로 물들었다. 그러고는 즉시 조금 전과 같은 충격음이 울려 퍼졌다.

투쾅!

키이이익?

무언가 이상이 있는 것일까. 아귀 녀석의 울음소리가 이상했다.

그리고 금빛으로 물들었던 시야가 다시 본래의 색을 찾는 순간, 나는 내 주변이 조금 전과 달라진 것을 깨달았다.

"이건……."

은은한 금빛이 감도는 배리어는 처음과 그 형태는 같았지만, 조금 전 배리어 위로 가득하던 자잘한 금들이 모두 사라져 있었다. 배리어의 바로 앞에는 지금 상황을 이해할 수 없다는 듯, 옆으로 드러누운 채 멍하니 배리어를 쳐다보는 아귀 몬스터가 있었다.

"뭐해! 지금 빨리 쳐!"

"아, 그래!"

나는 즉시 정신을 못 차리고 있는 아귀 녀석의 머리에 들고 있던 금빛 엄니를 꽂아 넣었다. 작아진 체구 탓인지, 아니면 이젠 금빛 엄니가 녀석의 머리만큼 커진 탓인지 머리의 반을 잃은 아귀는 단숨에 죽어서 사라지고 말았다.

나는 허무하게 끝나 버린 첫 전투에 나여주를 보며 작게 물었다.

"방금 그건……?"

"후후! 그게 바로 이 골든 메이지의 특수 스킬, 자원 추가지!"

본디 마법사란 존재는 설정상 굉장한 돈을 필요로 하는 직업이었다.

마법사가 연구하는 마법에 드는 재료 중에는 같은 무게나 부피의 황금보다도 더 값진 물건들이 수두룩했다. 그마저도 대부분 소모성의 재료이기 때문에 한 번 마법 실험을 하는데 저택을 저당 잡히는 것도 일상다반사요, 빚내서 마법 연구하다 패가망신하여 결국 한여름 빙수 가게에 얼음 공급 마법사로 팔려 나가는 마법사들이 수두룩하다.

하지만 이런 것은 말 그대로 돈이 없는 마법사들의 이야기. 돈이 있는 마법사들은 달랐다.

그들은 처음부터 마법을 연구할 필요 없이 남들의 연구 결과를 돈으로 사들였다. 그렇게 해서 강대한 마법의 경지를 개척해 나가고, 심지어는 완성된 마법의 강화를 위해 고가의 마법 재료를 마구 투자하여 사용하기도 했다.

그리하여 탄생한 마법사의 직업이 있었으니… 이름하여 골든 메이지.

말 그대로 금의 마술사다.

이들이 펼치는 마법에는 언제나 고급스런 황금빛이 감돈다. 골든 메이지들의 마법 위력은 사용하는 마법 촉매에 따라 천차만별로 달랐지만, 한 가지 공통점을 지니고 있었다. 그건 바로… 강하다는 것.

무엇이고 간에 촉매를 더한 마법이기에, 보통의 마법사가 사용하는 것보다 훨씬 더 강력한 것이 바로 골든 메이지의 마법이었다.

하지만 이런 그들에게도 한계가 있었으니… 그건 바로 마법 촉매를 잔뜩 들고 다닐 수 없다는 점이었다.

오랜 연구와 자금을 들여 고민한 끝에, 마침내 골든 메이지들은 그들 전용의 한 가지 수식을 만들었다. 바로 자원 추가 수식이었다.

"대륙 공용의 경매장 시스템과 연동된 스킬이지. 그냥 마법을 사용하면 평범한 마법이 발동하지만… 이 자원 추가 스킬을 사용하면……!"

번쩍!

어느샌가 꺼내 들고 있던 나여주의 작은 돈주머니가 빛과 함께 사라졌다. 그러더니 이내 그곳엔 이글이글 타오르는 금빛의 파이어 볼이 생겨나 있었다.

"소모된 금액으로 가장 마법과 궁합이 잘 맞고, 효율도 높은 마법 촉매를 경매장에서 자동으로 구매해서 마법을 강화시켜 주는 거지!"

그리고 이런 굉장한 추가 마법을 가진 이 직업은 히든 클래스로 분류되며, 현재까지 밝혀진 리버스 라이프의 다양한 직업들 중에서도 최상위에 위치하는 가장 강력한 직업 중 하나였다.

또한 히든 클래스임에도 불구하고 전직 조건이 까다롭지 않기에 많은 유저들이 시도하는 직업이기도 했다.

'물론 시도로 끝나는 직업이기도 하지.'

골든 메이지의 전직 조건은 마법사 전직 후, 50레벨 이전에 전신을 유니크 장비로 치장하는 것이다.

이른바 '현질' 이라는 게임 머니 거래가 있지 않고서는 거의 불가능한 조건일 뿐 아니라, 마법에 촉매가 될 골드 역시 현질하지 않으면 전부 충당할 수 없는 만큼 현질 없이는 아무런 의미가 없는 캐릭터라고 할 수 있었다.

그리고 이렇게 현질이 필수적인 골든 메이지는 그 유구한 탄생 배경과는 달리, 실상 단 한가지의 목적을 가지고 개발팀과 운영팀에 의해 만들어진 캐릭터였다. 그건 바로!

'골드 회수……!'

어떤 게임이고 간에 쉽게 강해지길 원하는 유저는 수두룩하다. 그리고 그들은 그 수단으로 대개 돈을 사용한 방법을 택하기 마련이었다.

이 골든 메이지는 바로 그런 이들을 노린 직업이다. 대개 어느 정도 주머니에 여유가 있는, 하지만 게임 속 섬세한 컨트롤 같은 것에는 센스가 떨어지는 중장년층을 대상으로 한 직업이기도 하다.

돈만 있다면 쉽게 전직하는데다 특별한 히든 클래스, 거기에 컨트롤과 크게 상관없이 강력해질 수 있기에 돈 많은 유저들에게 충분히 어필할 수 있는 직업이었다.

다만, 이 직업은 후일 리버스 라이프가 오픈하고 많은 시간이 지난 뒤 게임 속에 풀리게 될 많은 재화를 소모시키기 위한 수단으로 계획된 것이었다. 오픈 초기인 지금은 그닥 의미가 없는 직업이다. 물론 전직이야 얼마든지 가능하지만, 골드나 아이템이 귀한 이상 전직은 물론 골드 소모 대비 효율도 그닥 좋지 못하다.

그렇기에 히든 클래스임에도 전직 방법이 꽤나 수월하고, 다양한 직업 중 당당히 상위에 안착할 만큼 강력한 힘을 가진 것이었는데… 지금, 내 눈앞에 상당한 레벨의 골든 메이지가 떡하니 존재하고 있었다.

"…너, 처음부터 골든 메이지였냐?"

"당연하지!"

자랑스럽게 고개를 끄덕이는 그녀의 모습에 잠시 고민하던 나는 다시 나여주에게 물었다.

"…경매장에서 아이템을 가져오는 거면, 최고 입찰가로?"

골든 메이지는 개발 당시부터 꽤 유명했기에 나도 그 존재는 알고 있었다. 하지만 액션과는 무관한 관계로 그 시스템에 대해서는 잘 알지 못했던 것이다.

"뭐, 최고 입찰가지. 판매자가 원하는 즉시 판매 금액에 그냥 사오는 거니까."

당연한 것 아니냐는 듯, 오히려 고개를 갸웃거리며 대답하는 모습에… 나는 떨리는 마음을 감추며 조심스럽게 이 시스템의 가장 궁금한 점에 대해 질문했다.

"…혹시 소모 금액보다 싸면, 잔돈은 받아?"

"응? 그럴 리가. 순식간에 돈 보내고 촉매를 받아오는 것만으로도 엄청난 건데, 잔돈까지 계산해서 받는 게 수식 하나로 가능할 리가 없잖아."

쿠—궁.

이런 요플레 뚜껑도 안 핥아먹을 여자 같으니!

돈이 남아도 잔돈도 받지 않는다는 잔혹한 말에 커다란 심적 충격을 받은 나는 시범으로 보이기 위해 시전한 파이어 볼… 아니, 돈을 연료로 쓰는 횃불 대용품을 가리키며 물었다.

"호, 혹시… 그 파이어 볼에 쓴 돈은 얼마야?"

"으음… 시범용으로 쓴 거라 얼마 안 되는데……."

"그, 그래? 그럼 다행……."

"500골드 단위로 주머니를 묶어놨으니, 500골드?"

덜컥.

내 마음속 깊은 곳에서부터 울려 퍼지는 가슴이 내려앉는 소리. 무너지듯 자리에 주저앉은 나는 멍하니 중얼거렸다.

"오, 오백… 골드라니……."

내가 펠라로 윅스에 오기 전, 갖가지 여름 물놀이 세트와 사연 있어 보이는 마술사 모자를 모두 사는 데 쓴 돈도 20골드가 채 되지 않으며, 흥정이 먹히지 않는 고정 가격을 가진 포션 3개도 100골드 남짓이다.

그런데… 마법 시범 한 번에 500골드라니…… 심지어 그게 최소 단위라니……!

'마트 카트에 넣은 100원도 갖다 놓기 귀찮아서 두고 갈 년 같으니! 잔돈은 100원 단위부터만 받을 것 같은 년 같으니! 뷔페 가면 김밥부터 집어먹을… 크흑!'

물론 귀한 집안의 아가씨인 그녀가 마트에 가서 카트를 끌 일은 없고, 애당초 잔돈이 나오지 않을 한도 없는 카드 외엔 들고 다니지도 않을 것이며, 뷔페 같은 곳은 도시 전설 정도로 인식하고 있을 거라는 걸 알지만……. 나로선 그렇게라도 욕을 해야

이 상처 받은 마음을 조금이나마 치유할 수 있을 듯했다.

"뭐, 뭐야. 왜 그래!"

부들부들 떠는 내 모습에 당황했는지 나여주가 주춤 물러섰다.

그러나 물음에 대답하기 보다는 반드시 물어봐야만 하는 것이 있었기에 나는 조심스레 입을 뗐다.

"호, 혹시… 아까 그 배리어는……?"

"그건… 한 천 골드 정도……."

"크흑!"

시, 심장이……!

가슴을 부여잡으며 쓰러지는 날 보며 벨라가 재빨리 달려왔지만… 내 마음의 상처를 치료해 줄 수는 없었다.

"…대체 뭐하자는 거야?"

휙!

"커헉!"

내 생 쇼를 보며 한심하다는 듯한 눈빛을 한 나여주는 이내 손에 들린 파이어 볼을 적당히 앞을 향해 집어 던졌다. 나는 그것을 보며 다시 한 번 가슴을 부여잡아야 했다. 그러나 한 번 쏘아져 나간 파이어 볼을 도로 붙잡을 능력은 없다.

콰—광!

'터졌다……!'

내 돈도 아니건만 왜 이리도 속이 아픈지.

이 동굴이 상당히 길다는 것을 알리기라도 하듯, 저 꽤 시간이 지나서야 파이어 볼의 폭발음이 울려 퍼졌다. 나는 쓰린 가슴을 문지르며 홀린 듯 파이어 볼이 터진 곳으로 걸음을 옮겼다.

저벅저벅.

마지막 순간까지 파이어 볼을 눈에 담고 있던 나였기에 파이어 볼의 궤적을 따라 걷는 내 발걸음은 굉장히 빨랐다. 덕분에 플래시 마법과 같이 움직이던 나여주와 벨라와는 꽤 떨어져 걷게 되었다.

그러다 문득.

"…어?"

"같이 가야지!"

뒤편에서 나를 황급히 쫓아오는 일행들의 목소리가 짜랑짜랑하게 귓가를 울렸지만, 나는 뒤를 돌아보기는커녕 눈앞에 나타난 광경에 시선을 빼앗겨 버리고 말았다.

"이건……."

"같이 공략하기로 했잖아! 먼저 가면……!"

"제로, 불도 없이 어디를……!"

내 뒤를 따라 도착한 나여주와 벨라가 뜬금없이 먼저 성큼성큼 가버린 나를 책망하며 목소리를 높였다. 하지만 그들 역시 이내 내가 그랬던 것처럼, 눈앞에 나타난 것에 말을 멈출 수밖에 없었다.

스윽—

눈앞의 것을 말없이 지켜보던 나는 어둠 속에서도 은은한 광택으로 자신의 존재감을 뽐내는 그것에 슬쩍 손을 얹어 보았다.

싸—악.

차가운 감촉.

뼛속을 파고드는 서늘한 한기에 흠칫 놀란 내가 살짝 손을 떼자, 뒤에서 그 모습을 구경하던 나여주가 플래시 마법을 높게 비추어 동굴 한 편을 완전히 막아선 그것을 넓게 비췄다.

"거대한… 문이군."

"…설마 이게 끝?"

이 세계의 전설 속에 있는 거인들을 위한 문이라면 이 정도일까 싶을 만큼 거대한 문. 나는 고개를 작게 저었다.

"아니… 이제서야말로 시작이란 의미겠지."

동굴의 어둠과 완전히 동화되어 있던 거대한 문의 위로 섬세하게 양각된 수많은 악마의 모습이 보였다. 그리고 그 밑에 깔린 인간의 모습, 그들로부터 흐른 피로 잔을 채우는 반인반어의 모습을 한 악마가 있고, 아래쪽에는 어인족을 비롯한 각양각색의 해양 생물들과 악마가 마치 중력이 반전된 것처럼 거꾸로 그려져 있었다. 그들로부터 흘러나온 비늘이 가운데 자리 잡은 반인반어 악마의 하반신 비늘을 이루고 있었다.

행여 꿈에라도 나올까 싶을 만큼 끔찍하고도 섬세한 모습이었다. 나는 저도 모르게 한차례 몸을 떨었다. 그때, 옆에서 벨라의 목소리가 들려왔다.

"…심해왕 바이달텐."

생소한 말이었지만, 나는 그것이 저 문 한가운데 새겨진 반인반어 악마의 이름임을 금방 이해했다. 벨라의 두 눈은 가운데 새겨진 그것에 똑바로 고정되어 있었다. 뻔뻔스럽게도 화려하게 치장된 왕관을 쓴 모습을 하고 있는 악마에게.

나는 어떻게 저것에 대해 알고 있느냐고도 묻지 않았다.

그녀는 엘프. 하는 행동이나 외모는 철부지 아가씨나 다름없지만, 살아온 세월이 오래된 만큼 보고 들은 바가 적지 않을 터였다. 특히 유저의 존재를 알지 못한 것으로 칸에게 크게 혼난 뒤로 열심히 공부를 했으니, 책에 등장하는 악마라고 한다면 이름을 안다고 놀랄 일은 아니다.

'심해왕이라…….'

왕이라는 칭호가 붙은 만큼 절대 만만치 않을 것이다. 아니, 아래로는 물속의 생물들, 위로는 지상의 인간들의 시체를 두고 끔찍하게 웃고 있는 그 모습을 보면, 그 성정이나 강력함이 어떨지 능히 알 수 있었다.

'그저 조각일 뿐인데도.'

그저 문에 새겨진 모형으로 접하고 있음에도 느껴지는 정체 불명의 압박감. 조용히 이를 악문 나는 문득 모험을 고대하던 나여주를 살폈다.

'역시 여자애는 여자애군.'

징그러운 점액 괴물과 몬스터들의 시체 앞에서도 놀라서 소리를 지를지언정 그 태도만은 한결같이 당차고, 싸가지 없던 그녀다. 때때로 본인의 혈통을 증명이라도 하듯 싸늘한 표정으로 사람을 내려다보기도 하는.

하나 저 심해왕의 조각을 보고 있는 지금은 달랐다.

질린 듯한 표정.

일그러진 얼굴을 한 채 굳어 있는 그녀의 모습은 무서운, 혹은 징그럽고 공포스러운… 그런 것을 본 소녀의 흔한 모습이었다.

'위험하겠지?'

물론 이 던전과 연계된 퀘스트의 권장 레벨을 떠올리면 심해왕이란 녀석이 정말로 나온다고는 말하기 어렵겠지만, 퀘스트의 마지막 단계였던 점액 괴물을 상대하면서 얼마나 빡셌는지를 생각하면… 이 던전 역시 뒤통수치지 말라는 보장은 없었다.

'생각해 보니 내가 잡은 그 괴물의 이름도 모르네.'

문득 천지개벽을 적중시키던 순간, 머릿속과 시야를 잔뜩 어지럽히던 다양한 시스템 메시지가 떠올랐다. 하지만 지금은 불

필요하다는 생각에 이내 머릿속에서 털어냈다.

그보다는 해야 할 일이 있었다.

"뭐, 그래 봐야 물고기 아니겠어? 그치?"

딱히 동의를 구하는 질문은 아니었다. 그저 심해왕의 기괴하고 섬뜩한 모습에 잔뜩 얼어붙은 일행을 독려하고자 내뱉은 말이었을 뿐.

하지만 그런 내 말에, 의외로 격하게 반응하는 인물이 하나 있었다.

"그래! 바로 봤다, 주인! 그래 봐야 물고기 녀석이다! 가서 꼬리 한 번 콱 깨물어주면 또 도망갈 녀석이다, 주인!"

'또라고?'

문득 엠페러의 말과 목소리에서 심해왕을 상대로 한, 알 수 없는 적의와 자신감이 느껴졌다. 그러나 그것에 대해 자세히 묻기엔 나머지 일행의 반응이 더 빨랐다.

"그, 그래! 그래 봐야 물고기지! 물론 반뿐이지만……."

"맞아, 제로. 심해왕은 아주 오래전… 몇 백 년 전, 다른 괴수왕과의 다툼에서 패배하고 자신의 영역보다 더 깊은 심해로 숨어든 녀석이야. 아마 우리가 봤던 다른 녀석들보다 약체일 가능성이 높아."

벨라가 말하는 다른 녀석들은 금모원왕과 지하악왕이었다.

나는 당시 그 둘을 해치운 건 어디까지나 운이 좋았을 뿐이라고 말하고 싶었지만… 지금보다 약했던 그때도 그 둘을 해치웠는데, 그보다 약하다고 하니 어쩐지 조금 자신감이 생기기도 했다.

"자, 그럼 가 볼까?"

모두가 자신감을 얻은 뒤, 나는 힘껏 육중한 문을 밀어젖혔다. 의외로 문은 기름이라도 칠한 듯 쉽사리 밀렸다.

"뭐야? 이거 엄청 가볍네."

"후후, 그러게. 생긴 건 엄청난 주제에 별거 아니네."

고작 문을 밀었을 뿐이지만 어째선지 잔뜩 자신감에 찬 나여주와 내가 하하호호 웃음 짓고 있던 그때. 한가운데에 있던 벨라는 말없이 문 안쪽을 쳐다보고 있었다.

나는 우리 일행의 히든카드이자 가장 강력한 전력이라고 할 수 있는 벨라의 긴장을 풀어주고자 씨익 웃어 보였다. 그러고는 벨라의 어깨를 힘껏 두드렸다.

하지만 어째선지, 뻣뻣하게 굳어 있던 벨라는 그저 천천히 손가락을 들어 문의 안쪽을 가리킬 뿐이었다.

이상함을 느낀 나와 나여주가 벨라의 손을 따라 마침내 문 안쪽을 봤을 때… 우리의 얼굴엔 더 이상 웃음이 남아 있지 않았다.

"…우리, 나갈까?"

"나갈 길은 있고?"

"…없지."

앞을 가리킨 벨라의 손끝, 그곳엔 우리가 맨 처음 이곳에 들어왔을 때 보았던 깊은 무저갱이 다시 한 번 펼쳐져 있었다.

다만 다른 점이 있다면… 그 안쪽에서부터 흘러나오는 음습한 기운과 짙은 비린내가 우리의 공포심을 자극하고 있다는 데에 있었다.

휴우.

누구의 입에선지 모를 한숨 소리가 유달리 크게 들리던 그 순간.

여태 나여주의 가슴에 안겨 상황을 지켜보던 엠페러가 폴짝 뛰어내려 선두에 섰다.

"흥! 오늘은 꼭 먹어주마! 가자, 주인!"

"으, 응? 그, 그래!"

작달막한 펭귄이 용기를 내고 먼저 앞서가는 모습을 보여준 탓일까? 얼어붙어 있던 우리는 그 뒤를 따라 천천히 발걸음을 옮겨나갔다.

그러고는 마침내 모두가 어둠 속에 발을 들인 순간.

스르륵—

처음 열렸을 때와 마찬가지로, 아무런 소리도 없이 부드럽게 문이 닫히며 우리의 퇴로를 막았다.

"헉! 문이 저절로 닫혔어!"

이를 뒤늦게 발견한 벨라가 놀라 소리쳤다.

화르르륵! 화륵!

우리가 선 길의 양옆으로 쭉 걸려 있던 횃불이 저 혼자 타오르며 그 주변을 붉은빛으로 밝혔다.

갑작스런 빛에 모두가 눈을 찡그리던 그때, 내 귓가로 익숙한 시스템 음이 들려왔다.

삐빅.

〔던전 '심해왕의 신전'에 입장하셨습니다.〕

이윽고 빛에 익숙해진 내 앞에는… 상상도 할 수 없던 모습이 펼쳐져 있었다.

Chapter 6

연장질

"곤란하군, 곤란해……."

박중혁 부장은 한쪽 벽면에 다닥다닥 모니터가 붙어 있는 방에서 안절부절 서성이고 있었다. 그 모습에 개발 운영팀의 모두는 생소하다는 듯 그를 쳐다봤다.

선진 기술 개발 과학부의 부장이라는 사실상 유명무실한 위치에서, 정말로 세계를 선도하는 선진 기술을 개발하여 리버스 라이프라는 세계를 구현, 상용화한 박중혁. 그는 그 어떤 위기 속에서도 당황하는 일이 없고, 일말의 흔들림이 없는 냉철한 사람이었다.

그런데 그런 인물이 한 유저의 게임 플레이 때문에 이렇게까지 당황하다니. 그들이 익히 알고 있는 박중혁이란 인물을 떠올리면 그야말로 잘못 보고 있는 것이 아닐까 싶을 만큼 이상한 일이었다.

하지만 이런 그들의 반응에는 아랑곳하지 않는다는 듯, 박중혁 부장은 그 후로도 한참 동안을 모니터 앞을 서성였다. 그리고 가끔 모니터에 비치는 게임 속 화면을 한 번씩 훑어보고 있었다.

오래도록 같이 일해온 부하 직원들도 처음 보는 그의 모습과 행동에 눈치를 살필 뿐, 아무도 그 이유를 묻지 못하고 있었다.

그러길 한참, 마침내 그들 중 한 명이 용기를 냈다.

아니, 용기를 냈다기보다는… 부장에게 결재를 받아야 할 서류가 실시간으로 쌓이고 있어 처리가 이루어지지 않아 강제로 일을 미루는 현재 상황이 그의 등을 떠밀었다고 할 수 있었다.

물론 일을 쉬면 좋긴 하지만, 그렇다고 처리해야 할 일이 어딜 가는 것도 아니고… 이대로 있다가는 박중혁 부장의 결재 이후에 잔뜩 밀린 일을 미친 듯이 처리하는 지옥도가 펼쳐질 것임을 알고 있었기에, 그는 도살장에 끌려가는 가축이 지닐 법한 용기를 내야 했다.

"저기… 부장님……?"

"왜."

왔다 갔다. 두리번두리번.

여전히 서성이는 걸 멈추지도, 모니터를 보는 것을 멈추지도 않는 박중혁 부장이었지만, 의외로 정신은 말짱한 듯했다. 자연스럽게 대화하는 것에 안도한 부하 직원은 그의 결재가 필요한 서류 뭉치를 들이밀려다가, 그의 등 뒤로 내리꽂히는 수많은 시선들에 멈칫하며 손을 뺐다.

'저, 저… 멍청이가!'

'왜 그러는지 물어봐야지!'

'너 혼자 일 처리할 거냐!'

실상 이곳의 대부분의 일이 박중혁 부장을 중심으로 돌아가는 만큼, 그의 부재는 한 명에게만 영향을 끼치는 게 아니다. 박중혁 부장을 원래대로 돌리는 것은 이곳 모두의 바람이었다.

"그… 혹시 무슨 걱정이라도 있으신가요?"

결국 옆구리에 잔뜩 끼고 왔던 서류 뭉치를 다시 원위치시킨 그는 등쌀에 못 이겨 다시 한 번 용기를 내야 했다. 그리고 이런 그의 용기에, 박중혁 부장은 담담히 응대했다.

"있지."

"…그게 무엇입니까?"

"말해줘도… 네가 도움이 될까?"

"본래 기쁨은 나누면 배가 되고, 고민은 나누면 반이 된다고 하잖습니까? 혹시 제가 뭔가 할 수 있을지도……."

박중혁 부장의 말 속에서 작은 희망을 엿본 직원이 목소리를 높여 말하자, 잠시 고민하던 박중혁 부장이 천천히 입을 뗐다.

"…아직이야."

"…예?"

그는 두서없는 말에 잘 이해하지 못했다는 듯 살짝 고개를 돌려 박중혁 부장을 향해 귀를 돌렸다. 이번엔 조금 더 긴, 박중혁 부장의 말소리가 이어졌다.

"지금 열린 던전… 심해왕의 신전 말이야."

"아, 예정보다 일찍 열리게 되었다고 하셨죠? 그렇지 않아도 우리 꼬맹이가 건수 쳤다고 말이 어찌나 많은지……."

다행히 박중혁 부장의 고민이 자신이 알고 있는 이야기라는 것에 신난 직원이 나불나불 입을 놀리기 시작했다. 오늘 새벽에 있었던 대로와 점액 괴물의 싸움은 그 전투 방식, 직업의 밸런스, 오랜만에 본 '우리 꼬맹이' 라는 소재로 이들 모두에게 화제였다.

그리고 동시에 개발팀 몇몇의 얼굴에 짙은 그늘을 드리운 이야기이기도 했다.

"그래, 그거. 그게 문제야."

"하하! 그게 문제였군요. 뭐, 그래도 어느 정도 일찍 열리는 것을 염두에 두고 추가했지 않습니까? 아마 괜찮겠죠. 그리고 우리 꼬맹이 아닙니까? 걔도 눈치가 있으면 알아서 할 테죠."

지금은 비록 회사에 없다고는 하지만, 지난 3년간 같이 게임 개발을 하면서 대로에 대해 잘 알게 된 그들이다. 그들은 대로가 본인이 어설프게 겸양하긴 하지만, 보기보다 훨씬 개발자로서의 자긍심을 가지고 있다는 것을 알고 있었다. 또한 가족인 박중혁 부장에게 절대로 폐가 되고 싶어 하지 않는다는 것도 알고 있었다.

그렇기에 그들은 대로가 던전에 들어갔다는 말에 그다지 걱정하지 않고 있었다.

물론 아까 말했듯, 개발자 몇몇만을 제외하면…….

"그래, 일찍 열리는 걸 염두에 뒀지. 유저들 레벨 업이 생각보다 훨씬 빠르기도 하고… 펠라로 윅스 퀘스트가 꽤 알려져서 미리 철저히 준비를 하고 진입하는 파티들도 상당히 많았으니까."

100레벨 대의 유저들도 받을 수 있는 퀘스트임에도 그 난이도가 매우 극악한 퀘스트. 300레벨대의 특수한 소환형 보스 몬스터. 이는 많은 유저들이 관심을 갖기에 충분한 정보였다.

그렇기에 처음 퀘스트를 받고 들어간 이들이 실패한 이유를 철저히 분석하여 퀘스트에 도전하는 파티가 생겨나기 시작했다. 지금은 대로의 일행이 된 나여주 역시도 그런 준비를 거쳐 들어온 파티 중 하나였다.

그렇게 철저히 준비를 갖춘 이들이 등장함에 따라 그들을 맞이할 준비 역시도 빠르게 더 진행해야 했다. 그것이 펠라로 윅스의 퀘스트고, 지금 대로들이 들어선 던전이었다.

즉, 이미 빠른 게임 진행에 대한 준비는 하고 있었다는 것이다.

하지만 문제는…….

"…빨라도 너무 빨라."

해당 맵과 퀘스트를 준비한 박중혁 부장과 개발진들의 예상은, 준비된 유저들이 한 달 정도 후, 던전에 진입한다는 것이었다.

그도 그럴 것이 현재 최고 레벨에 해당하는 유저들의 평균 레벨대는 200대 중반이다. 뒤로 갈수록 레벨 업 난이도는 급격하게 높아진다. 거기에 펠라로 윅스에 진입하면 그곳에 있는 한정된 몬스터만으로 레벨 업을 해야 한다.

이런 점을 고려하여 가장 최적화된 레벨 업 루트를 따라 최상의 장비를 갖춘 유저들이, 최고의 파티 조합을 만들어 퀘스트에 도전할 시간을 가정한 것이 한 달이었다. 사실상 한 달이라는 시간도 거의 불가능에 가까운 일이었다.

그렇기에 그동안 박중혁 부장과 개발진은 나름 여유를 갖고 있었다.

현실 시간으로 한 달은 리버스 라이프의 세계에서 약 120일, 마스터 권한으로도 세계에 직접 개입하는 것을 불허하는 리버스 라이프의 세상이라고 하더라도 그만한 시간이 있으면 준비를 하는 데 충분한 시간이다. 동시에 펠라로 웍스 해변으로 인해 생겨난 경제 불균형을 해소하기에도 충분했다.

"하지만 지금은……."

"……?"

몇 번인가 혼잣말을 중얼거리던 박중혁 부장이 심각한 얼굴로 턱을 쓸기 시작하자, 문득 불안감을 느낀 직원은 고개를 돌려 박중혁 부장의 시선을 따라 모니터 하나로 눈길을 옮겼다. 다른 직원들도 마찬가지였다.

그리고.

"결국… 이렇게……."

그의 시선을 따라간 모두의 눈동자가 화등잔만 하게 커졌다.

거대한 동공… 아니, 동공이라고 하기도 힘들 만큼 거대한 공간.

높이가 얼마인지, 넓이가 얼마나 되는지 알 수도 없을 만큼 까마득한 그곳은 흐릿하게 천장을 지지하는 기둥의 일부가 보일 뿐, 짙은 운무가 끼어 있어 아무것도 보이지 않았다. 더욱이 밑으로는 던전 입구에 도달했을 때 봤던 것처럼, 평평한 땅이 끝없이 이어진 광활한 공간이었다.

"이건··· 대체······."

"······."

어둠 속에서 횃불로 밝혀진 길을 걷던 우리 모두는 마침내 어렴풋이 보이기 시작한 거대한 공간의 모습에 당혹스러움을 감출 수 없었다.

"어이—! 여기야!"

"그건 이쪽!"

"함정에 쓸 독은 어디 뒀어!"

"퀸 십장! 오늘 끝나고, 응? 어때?"

바글바글 와글와글.

여기저기 널브러진 건축 자재들과 그 주변을 분주히 오가는 검은 후드의 울퉁불퉁 근육 사내들, 그리고 누가 봐도 '나 흑마법사요' 하는 모습으로 새카만 골렘을 인부로 부려 무거운 자재를 나르는 이들······. 이곳은 누가 봐도 건축이 한창인 건설 현장이었다.

"이건······."

스윽.

문득 들어선 곳 발치에 떨어져 있던 연장을 집어드니, 손에 착 달라붙는 감촉이 느껴졌다.

〔몽키 스패너〕

사용 방법 및 취급 시 주의 사항 : 해당 제품은…….

〔몽키즈 핸드의 효과로 아이템 효과가 증가합니다.〕

공격력은 물론 특수 효과도, 설명도 없지만 이 익숙한 형태는 아무리 봐도 내가 알고 있는 몽키 스패너가 맞았다. 그것이 맞다는 듯 친절하게도 상세한 사용 방법과 동영상으로 된 예시까지 나오고 있어, 지금 보고 있는 이것들이 환상이 아님을 일깨워 주고 있었다.

도대체 무슨 효과를 증가시켜줬다는 것인지 모를 몽키 스패너를 빤히 내려다보던 나는, 문득 옆에서 느껴지는 기묘한 시선에 고개를 돌렸다.

"흐, 흐억?"

빠—안.

언제부터 있었던 것일까. 연장을 집어든 나와 그 주변에 포진한 우리 일행을 빤히 관찰하고 있던 검은 후드의 근육질 사내가 이상하다는 듯 고개를 갸웃거리다가, 마지막으로 다시 한 번 내 손에 낀 몽키즈 핸드와 몽키 스패너를 보고 씩 웃어 보이며 말했다.

"이야, 자네들이 오늘 오기로 한 인원들인가? 설마 저 입구로 올 줄은 생각도 못했어. 어때? 자네가 보기에도 입구 꽤 그럴 듯하게 만들지 않았나?"

"예? 아, 예……."

뭔지는 모르겠지만 적대적이지 않은 그의 행동에 나는 재빨리 적당히 고개를 끄덕이는 것으로 맞장구를 쳤다. 그러자 근육질 사내가 문득 내 뒤의 다른 일행들로 시선을 옮겼다. 흠칫 했지만, 이내 이어지는 말에 안도의 한숨을 내쉴 수 있었다.

"크, 오늘 많이도 데려왔네? 소환수는… 애완동물인 거 같긴 한데… 흠, 뒤에 아가씨는 마녀인가? 빗자루는 없지만 옷차림이 그쪽 소속 같군. 알바 하러 왔나? 여기 엘프는… 힘 잘 쓰게 생긴 게 노예인 거지? 권속의 끈이 보이는군!"

엠페러가 내 소환수라는 것, 그리고 가디언인 벨라가 나와 마법적으로 연결되어 있다는 것만을 제외하곤 몽땅 다 틀린 말이었다. 하지만 나는 이 기회를 놓치면 안 된다는 것을 직감적으로 깨닫고, 발끈하여 나서려는 일행을 제지하며 말했다.

"…하, 하하! 어떻게 그렇게 딱! 알아맞히십니까?"

"후후, 내가 이래봬도 이쪽 방면 건설 십장만 6년 차야! 새로 온 사람들 특기를 알아맞히는 거야 식은 죽 먹기지!"

"캬~ 선배님의 혜안에 경탄을 금치 못하겠습니다. 역시 연륜인 거죠!"

"크흐흐, 엘프는 몸이 저렇게 호리호리해도 힘이 엄청 좋더란 말이지!"

"그나저나… 오늘 저흰 무슨 일을 하면 될까요?"

"아, 못 들었나? 오늘 자네들이 할 거는……."

적당히 알랑거리며 말을 했을 뿐이건만, 이곳에 처음 온 인부들로 위장하는 데 성공했다. 거기에 이 위기(?) 상황을 벗어날 힌트까지 공짜로 얻게 되었다. 일행들이 새삼스러운 눈길로 날 쳐다보았다.

촤락—!

"자, 이게 오늘 작업할 도면인데… 도면은 볼 줄 알지?"

"예? 아, 제가 사실 머리 쓰는 것보다는 몸을 쓰는 걸 잘하는 편이라……."

"으응? 여기까지 왔는데 도면을 볼 줄 몰라? 흐음……."

나름 여러 분야의 지식을 모자라지 않을 만큼 갖고 있는 나였지만, 대부분 책상 위에서 정리가 되는 예술, 교양 위주의 지식들인지라 아쉽게도 건축 쪽의 지식은 별로 없는 편이었다.

그 때문에 혹시나 도면을 볼 줄 안다고 했다가 간단한 질문이라도 받을까 싶어 볼 줄 모른다고 했건만, 의외로 십장은 굉장히 의심스러운 눈으로 나를 쳐다봤다.

하지만 그것도 잠시, 이내 내 손에 들린 몽키 스패너를 보더니 작게 고개를 끄덕였다.

"흠… 여기 오자마자 연장부터 집어든 걸 보면… 정말로 그런 것도 같네. 뭐 어차피 중요한 걸 할 때는 나랑 도면 짠 녀석들이 와서 같이 할 테니 괜찮을 테지. 너무 걱정 말고, 어쨌든 오늘 할 일은 최심부의 제단을 활성화할 때 쓰는 장치를 정비하는 거니까 실수가 없도록 해. 혹시라도 바이달텐 님이 소환된 이후에 불편하시지 않도록 말이야. 아, 그리고 저 안쪽에 화장실 말인데……."

혼자 의심하고, 혼자 납득하고, 마지막엔 이곳이 무엇을 위한 곳인지까지 말해준 십장 흑마법사는 바이달텐이 사용할 화장실 구조에 대해 혼자서 열심히 설명해 나갔지만, 우리 일행은 그가 언급한 이름에 모두 얼어붙고 말았다.

심해왕 바이달텐.

이미 던전에 들어오기에 앞서 벨라의 입을 통해서 들었던 그 이름… 조각된 모습만으로 모두를 얼어붙게 한 괴물이었다. 생각해 보니 이곳 던전에 입장하며 들은 이름도 다름 아닌 심해왕의 신전이었다. 그가 말하는 바이달텐이 심해왕을 가리키고 있음을 단박에 알 수 있었다.

'그렇다면 이곳이 심해왕 바이달텐을 소환하기 위한 신전이라는 말인가…….'

물론 한창 바쁜 공사 현장은 쉽사리 신전이라는 생각은 들지 않았지만, 군데군데 세워진 고급스러운 기둥과 아마도 심해왕의 문양인 듯한 삼지창을 높게 든 손의 문양이 여러 건축자재는 물론, 그것들을 감싼 포장지에까지 꼼꼼히 박혀 있는 것을 볼 때, 적어도 이곳이 신전이 될 예정인 건설 현장이라는 것은 고민할 필요도 없이 분명한 사실로 보였다.

하지만 그렇다고 해서 내가 생각하길 멈춘 것은 아니었다.

'이곳이 심해왕의 신전… 아니, 신전 건축 현장이라는 것은 알겠어. 근데… 어째서 이런 거지?'

그것은 가장 근본적인 물음.

왜 이 꼬라지인가.

분명 섬뜩한 심해왕의 모습을 조각한 문을 힘차게 열고 들어왔고, 던전에 입장했다는 알림까지 들었는데… 어째서 눈에 보이는 것은 공사에 열중하는 인부들이란 말인가.

'분위기가 달라도 너무 다르잖아!'

열심히 일하는 이들 특유의 열기는 높은 천장을 가진 이 돔 형태의 공간을 가득 메우고 있었다. 뿐만 아니라 문 앞에서 느껴지던 음침한 기운이나 어두움은 온데간데없고, 외려 효과적인 일처리를 위함인지 곳곳에 태양처럼 환한 빛을 내뿜는 마법등이 걸려 있었다.

만일 이곳에 입장했을 때 보았던 문이나 시스템 알림이 아니었다면, 여기 인부들이 모두들 공통적으로 입고 있는 검은 로브가 건설 회사 유니폼인가 생각했을 터였다.

'…일단 이 이상한 곳을 빠져나가야 할 텐데.'

여기가 왜 이런 꼴인지는 여전히 짐작할 수 없지만, 어쨌거나 우리가 있는 곳은 흑마법사들이 수두룩한 공사 현장. 퀘스트고 뭐고 간에, 혹여 우리의 정체가 밝혀진다면 재미없을 게 뻔하다.

"그러니까 이런… 모던한 느낌으로? 알지, 그거?"

"예? 아, 예, 알죠. 모던."

"그래, 바이달텐 님의 취향이 어떤지 모르니까 일단 클래식한 분위기를 내는 소품들도 비치를 할 거긴 한데… 그래도 오래 잠들어 계셨던 건데 괜히 낡아 보이는 물건은… 그, 왜… 나이 든 걸 실감하게 해서 기분 나쁘실 수도 있잖아? 좀 신선함이 느껴지도록 하는 게 좋을 거 같단 소리지. 그러면 일단 여기 마감 처리는 좀 펑키한 색으로……."

과연 이 십장 흑마법사는 심해왕 바이달텐을 어떻게 생각하는 건지 의문이 든다.

어쨌거나 우리 일행은 북적북적한 곳에서 좀 멀리 떨어진 곳에 작업을 맡을 수 있었다.

"여기가……."

"그래, 이 신전의 최심부지. 저 가운데가 제단이랑 마법진. 자네도 흑마법사니 건드리면 안 되는 거 알지? 저거 그리는 데 반년이나 걸렸어. 원래는 신전 건설이 끝나면 그리려고 했던 건데, 갑자기 신전도 빨리 만들고 마법진도 미리미리 그려놓으라고 신탁이 와서 엄청 고생했지 뭐야."

십장은 신탁 때문에 고생했다며, 마신을 믿는 흑마법사라곤 믿기지 않는 분위기의 불평불만을 해 댔다.

'신탁이라고?'

그보다 나는 그 신탁이라는 단어에 불현듯 떠오르는 게 있었다.

신탁이라 함은 이곳 리버스 라이프를 주관하는 여러 신들이 자신 휘하의 사제들이나 권속들에게 내리는 신의 말이다. 소통은 물론이고 여러 정보를 주는 등 다양한 이유로 사용된다는 것이 공식 설정이다.

하지만 내가 아는 신탁은… 그런 것과는 거리가 멀다.

'신탁이라 쓰고, 공지라 읽는다.'

리버스 라이프 게임 속 세계에서 운영자는 절대로 직접적인 개입을 하지 못하도록 되어 있다. 만약 그들이 임의의 밸런스 수정이나 게임 세계에 영향을 줄 수 있는 무언가를 하고자 한다면, 그것이 반드시 필요한 이유와 그 증거를 제시해서 게임을 주관하고 있는 인공지능을 설득해야만 했다.

하지만 신탁은 다르다.

리버스 라이프의 신들은 게임 속 다른 모든 생명체와 마찬가지로 인공지능 NPC에 속하지만, 동시에 운영진들의 아바타이기도 했다.

운영진들은 신의 권능을 통해 불량 유저를 처벌하거나 게임 내에서 불법 행위를 하는 것을 막을 수 있고, 동시에 신탁이라는 형식의 공지로 게임 속 세상에 흐름을 주도하는 게 가능했다.

물론 그 신의 권능도 전능한 것은 아니기에 여전히 제한적인 면이 컸지만, 신탁이라는 명목하에 게임 세계의 분위기와 흐름을 바꿀 수 있다는 것만으로 큰 권한이다.

그런데 지금 이 십장이 바로 그 신탁을 언급한 것이다.

'게다가 불만을 들어보니 신탁 내용이 쉽사리 이해하기 힘든 내용이라는 것 같은데… 그럼 운영진 쪽에서 개입을 했을 가능성이 더욱 크다.'

신이라고는 하나, 실상 세상을 관망할 뿐 어지간해서는 세상일에 관여하지 못하도록 되어 있는 신들이 아무런 이유 없이 그들의 권속도 이해 못할 만한 신탁을 내리지는 않았을 터.

이렇게 생각하고 보니, 문득 떠오르는 것이 있었다.

'잠깐… 그럼 나 뭔가 잘못하고 있는 거 아니야?'

운영진의 명확한 의도는 여전히 오리무중이지만, 최소한 그들이 의도한 건 던전에 입장한 유저들에게 공사 현장을 보여주는 것은 아니었을 것이다. 최소한 지금 내 행동이 무언가 운영진의 계획을 망치고 있음을 알 수 있었다.

'아부지! 나를 보고 있다면 답을 알려줘!'

물론 가능할 리가 없다는 것이야 뻔히 알지만, 어쩐지 모르게 그렇게 해야 할 것만 같은 기분이었다. 그리고 그때 다급하게 나를 부르는 십장의 목소리가 들렸다.

"신입, 여기!"

"아, 예예! 갑니다, 가요!"

한창 대로가 십장의 부름에 뛰어가고 있을 무렵. 글로리아 컴퍼니 선진 기술 개발 과학부에서는…….

"죽어! 죽으라고!"

"부장님, 그러면 대로한테 죽으라는 거 같잖아요."

"누가 뭐래? 죽으라는 거 맞아! 죽어서 나오라고, 거기! 퀘스트 포기해!"

"부장님! 꼬맹이 옆에 마법사가 누군지 알아냈습니다!"

"빨리 가져와!"

하늘을 올려다보며 혼자 중얼거리는 대로를 향해 악담을 퍼붓던 박중혁 부장은 이내 다른 직원이 들고 온 나여주에 관한 보고서를 받아 들었다.

만일 상대가 평범한 유저라면 적당한 보상을 주고 이번 퀘스트를 포기시킬 심산이었다.

대로야 물론 직접 집에 찾아가서 접속기 코드를 뽑아버리면 될 일이다.

이렇게 게임 유저의 개인 정보를 빼돌리는 것은 엄연히 불법이지만… 게임의 전체적 흐름을 좌지우지할 던전이 예정보다 120일이나 일찍 열린 판국에 그런 걸 따질 겨를이 있을 리 없다.

그런데 보고서를 받아든 박중혁 부장의 얼굴이 시시각각 변하는가 싶더니, 이내 사색이 되었다. 그리고 종래에는 완전히 굳은 표정을 한 그가 이 상황을 흥미진진하게 보고 있는 모두를 향해 말했다.

"…준비해."

"네? 어떤……."

두서없는 부장님에 말에 무심코 반문한 직원은 그의 무시무시한 눈길을 받아야 했다. 흠칫 놀란 직원은 이내 이어진 그의 말에 순간 눈앞이 캄캄해졌다.

"이벤트… 푼다!"

"하아……."

박중혁 부장의 입만을 주시하던 개발 과학부 모두가 신음과 함께 쓰러지듯 자기 자리에 착석했다.

"호오… 잘하는데?"

"하하, 그런가요?"

끼릭끼릭!

〔공구 마스터리의 효과로 공구의 사용 속도가 15% 증가합니다.〕

빠빠바밤!

〔새로운 칭호 '조이기의 달인'을 획득하셨습니다.〕

닦고! 조이고! 기름치고!

이 세 가지가 지금껏 내가 한 일의 전부다.

십장에게 불려간 즉시 일을 시작한 나는 마법진을 활성화시킬 때 사용할 각종 바닥 설비를 점검하고, 허술한 곳을 손보고, 습기에 녹이 슬어 움직이지 않는 곳에 기름을 칠했다. 그것이 내가 한 모든 것이었다.

그리고 덕분에 나는 요상한 스킬들과 칭호를 얻을 수 있었다.

〔공구 마스터리〕

공구 사용 시 공격력과 작업 효율이 증가한다.

분류 : 공통

〔조이기〕

빈틈없이 조일 수 있다. 숙련도에 따라 조일 수 있는 것의 종류가 늘어나고, 보다 하위 숙련도의 풀기로는 풀지 못하도록 조일 수 있다.

분류 : 공통

〔풀기〕

조이기 스킬로 조여진 부분을 풀 수 있다. 숙련도에 따라 푸는 속도와 풀 수 있는 것의 종류, 범위가 늘어난다.

분류 : 공통

〔닦기〕

잘 닦을 수 있다. 숙련도에 따라 한 번에 닦는 범위와 닦을 수 있는 것의 종류, 수준이 높아지며 또한 닦기의 부가 효과가 증가한다.

분류 : 공통

〔칠하기〕

잘 칠할 수 있다. 숙련도에 따라 한 번에 칠할 수 있는 범위와 칠하기의 예술성이 높아지며, 칠하기에 의한 부가 효과가 증가한다.

분류 : 공통

뭐랄까.

새로운 스킬들이 스킬 창을 가득 메우고 있는데도 불구하고 기분이 썩 좋지 못하다.

분명 얼마 전까지만 해도 몇 안 되는 스킬들 때문에 신세 한탄을 했던 것 같은데…….

"호오, 이거 광나는 것 좀 봐! 역시 최심부 작업한다니까 에이스를 보내줬구만? 이제 도면만 좀 볼 줄 알면 완벽하겠는데?"

"하하, 그거야 뭐……."

내가 닦아놓은 부품에서 광택이 흐르는 것을 보며 감탄한 십장이 내 어깨를 두드리며 말했다. 물론 나는 칭찬을 받고 있음에도 여전히 썩 기분이 좋지 못했다.

'애당초 순전히 내 능력으로 한 것도 아니고…….'

지금 내가 얻게 된 이 생활계 스킬들은 모두 공통 스킬들로, 당연히 내 재능 잡학다식의 영향을 받는 스킬들이다.

그렇기에 방금 배운 스킬임에도 모두 하나같이 숙련자 빰치는 능수능란함을 보이는데다, 그 결과물도 상당히 좋다.

'이것도 능력이라면 능력이겠지만… 그래도 기껏 내 재능의 새로운 활용법을 알게 되서 좋았는데.'

점액 괴물과의 싸움에서 얻은 아크로바틱과 히트 앤 런의 효과가 다섯 배 증가하는 것을 보고 스탯을 증가시키는 스킬이 이 답 없는 재능을 활용할 수 있는 돌파구라는 것을 알게 된 지 얼마 되지도 않았다. 그런데 그 능력으로 지금 공사 현장에서 작업을 하며 십장에게 칭찬을 받고 있으니… 기분이 뭐라 형언할 수 없을 정도다.

"흠… 그에 반해 저쪽은……."

"끼야아악! 거기 잘 좀 들어!"

"뭐라는 거야, 난 잘 들고 있다고!"

여기에 올 때까지만 해도 마법깨나 잘하게 생긴 마녀, 힘깨나 쓰게 생긴 엘프 노예로 평가 받던 여자 둘은 어느새 작업장 한 편에서 뭐가 들었는지 모를 포대 자루며 나무 기둥 따위를 들어 옮기는 일을 하고 있었다.

물론 처음에 나여주에게는 마법을 이용한 작업을, 벨라에게는 단독으로 간단한 작업이 주어졌다. 하지만 몇 가지 기초 마법을 제외하고는 오직 공격 마법밖에 모르는 나여주는 당연히 작업에 아무런 도움이 안 됐다. 분명 힘은 좋지만 정밀한 작업에서 갈피를 못 잡고 우왕좌왕하는 벨라도 마찬가지였다.

한 여자는 처음부터, 한 여자는 거대한 나무 기둥으로 마법진 주변을 긁고 다니는 것으로 각자의 쓸모없음을 증명한 결과, 단순히 노동 쪽으로 좌천될 수밖에 없었던 것이다.

그에 반해 애완동물 취급을 받으며 같이 왔던 엠페러는…….

"주인! 여기 이 프레스는 교체해야 할 것 같다, 주인!"

의외의 눈썰미와 기계에 대한 해박함을 자랑하며, 작업에 큰 도움을 주고 있었다.

이런 의외의 일면에 내가 엠페러에게 묻자, 엠페러는.

"주인, 기계는 남자의 로망이다!"

…라는 머릿속으로는 쉽사리 이해가 안 가지만, 어쩐지 가슴으로 이해가 되는 대답으로 나를 납득시켰다.

'그나저나 이러고 있어도 되나?'

상황에 휩쓸려, 분위기에 휩쓸려… 어쩌다 보니 던전을 공략하러 온 우리가 던전을 만드는 처지가 되었지만 언제까지고 이러고 있을 수는 없었다.

'그러고 보면 우리가 만들고 있는 게 보스 방이지, 아마?'

이곳에 모인 흑마법사들이야 자신들이 심해왕의 신전을 짓고 신전을 방어할 함정을 설치한다고 생각할 뿐, 이곳이 던전이라고는 생각지 못한다. 때문에 이곳을 심해왕의 거처 내지는 신전의 최심부라고 부르고 있었지만, 유저 기준에선 어떻게 봐도 이곳은 보스 방이었다.

'대개 던전은 보스 몬스터를 잡고 나면 밖으로 나갈 수 있는 길이 열리지.'

대개라고는 하지만 사실 만화나 소설, 게임 속에서의 경험일 뿐… 실제로 겪는 것은 처음이지만. 그래도 설마 하니 보스를 처리하고 왔던 길을 되돌아가게 하는 던전이 있을 거라고는 생각하기 힘들었다.

특히나 우리가 들어왔던 던전 입구는 모래사장의 한복판이 아니던가. 그곳으로 다시 나갈 수는 없으니, 분명 이곳을 나가는 길이 따로 있을 터였다.

'들어올 때도 마법으로 열린 통로였으니 나갈 때도 마찬가지려나? 그럼 여기 있는 마법진 중에 하나가 출구? 아니야, 혹시 심해왕을 처리하면 어딘가에 통로가 생기는 구조일 수도 있어.'

어느 쪽이고 간에 모두 꽤 가능성이 있는 생각이었다.

마법으로 입장했으니 나가는 것도 마법으로 나가는 것이란 생각도 이상하지 않고, 당장 이곳의 제단이며 심해왕의 거처를 구성하는 바닥의 여러 장치들을 보면 통로가 생긴다는 것도 어색하지 않다.

다만 문제는…….

'어느 쪽도 미완성이라 확인할 길이 없다는 것이지.'

바로 그랬다. 제단의 마법진은 완성된 것으로 보이지만, 분명 심해왕을 소환하기 위한 것이라고 십장 흑마법사가 말했다. 주변의 장치도 그 제단과 연결되어 있을 뿐, 통로를 만드는 기능을 하기엔 설비가 너무 부족했다.

그나마 후자 쪽에 가능성을 두고 볼 때, 보스 방답게 이 방이 거대한 신전 안에서도 가장 안쪽, 외딴 곳에 있는 만큼 인접한 벽 어딘가가 통로가 될 가능성이 있다는 것 정도가 내가 짐작할 수 있는 전부였다.

"주인! 주인!"

"어휴… 그래, 간다."

그렇게 내가 머릿속으로 이곳의 탈출 경로를 모색하는 와중에도 속도 모르고 뜯어낸 바닥재 안쪽에 드러난 장치들을 가리키는 엠페러를 보며, 나는 깊은 한숨을 쉬었다.

탁탁—!

"여기! 여기가 허술해 보인다, 주인!"

어디서 구해온 것인지, 어쩐지 조금은 낯익어 보이는 막대기로 바닥 안쪽의 기계장치를 탁탁 치는 엠페러의 손에는… 아마도 여기서 흘러나온 듯한 너트가 쥐어져 있었다.

"너… 그 정도는 네가 끼워 넣어도 되는 거 아니야?"

"주인, 나는 연장을 쓰기엔 너무 불리하지 않은가. 만일 나에게 일을 시키고 싶다면 펭귄도 쓸 수 있는 연장을 구해와라."

"어휴, 그래. 어련하시겠어."

막대기를 감싼 날개를 자랑스럽게 들어 올리는 엠페러를 보며 다시 한숨을 쉬고, 엠페러로부터 너트를 받아 든 뒤 바닥 안쪽에 머리를 들이밀었다.

"이거 어디서 나온 거야? 안쪽이 어두워서 잘 안 보이는데."

"아까 보니 거기 안쪽… 왼쪽에 걸려 있던 것 같다, 주인."

"어디?"

바닥재를 뜯어내고 확인 중이라곤 하나, 주의를 요하는 작업인 만큼 구멍이 크지 않고, 안쪽은 어두웠기에 손가락 마디만

한 너트가 끼워져 있던 곳을 찾기란 요원한 일이었다.

그래서 나는 플래시 마법을 빌릴 생각으로 저 멀리서 각목들과 씨름하고 있는 나여주를 불렀다.

"여기! 여기 불 좀……."

"주인, 그럴 필요 없다."

하지만 내가 나여주를 채 부르기도 전에 엠페러가 나를 막고 나섰다. 엠페러는 자신감 있는 동작으로 자신이 쥐고 있던 막대기를 들어 보였다.

"여기 이걸 잘 봐라, 주인!"

"…응?"

들어 올린 막대기를 가리키는 엠페러의 모습에 나는 그것이 혹시 막대기 형태의 플래시나 야광봉 같은 게 아닐까 싶어 유심히 봤지만… 그저 새카만 광택이 나는 게 특이할 뿐, 평범한 막대기로밖엔 안 보였다.

내가 모르는 듯하자 엠페러는 살짝 눈살을 찌푸리더니, 이내 정체를 밝히겠다는 듯 의미심장한 얼굴로 예의 그 도톰한 가슴의 털 뭉치 사이로 손을 넣어 무언가를 꺼내들었다.

그리고 그건…….

"쓰읍! 여기, 플래시 하나!"

"주인!"

품속에서 나온 마술 모자를 보자마자 나는 인상을 쓰며 마치

국밥집 이모를 찾듯 나여주를 찾았다. 당황한 엠페러가 급히 모자를 쓰고 내 앞을 막아섰다.

"주인, 주인! 이번엔 진짜다! 이건 정말 간단한 마술이라 실패하지 않을 거다, 주인!"

"내가 그것 때문에 얼마나 고생했는데… 비켜! 빨리하고 다른 것도 손봐야지!"

"주인, 그때는 내가 이게 없어서 그랬다! 이것만 있으면 얼마든지 마술을 할 수 있다, 주인!"

그렇게 말하며 엠페러가 다시 한 번 품속에서 꺼내든 것은 빨간색의 나비넥타이로, 저 마술 모자를 살 때 덤으로 딸려온 물건이었다.

"이걸 이렇게… 짠! 이러면 풀세트다, 주인!"

"……."

이곳에 처음 왔을 때 애완동물 취급 받았던 것을 캐릭터로 굳히겠다는 것인지… 한층 귀여운 모습으로 자랑스럽게 으쓱거리는 엠페러의 모습을 잠시 지켜보던 나는… 다시 나여주를 불렀다.

"여기! 플래시 하나!"

"주인!"

자신의 말을 들어주지 않자 한차례 언성을 높인 엠페러가 화가 났다는 듯 씩씩거리더니, 조금 전 그 장치 옆으로 걸어가 나를 향해 보란 듯이 외쳤다.

"봐라, 주인! 내가 마술로 밝혀주겠다, 주인!"

"야야, 그만해. 다친다."

딱히 성공을 기대하지 않았기에 말리는 것조차 건성건성했다. 이런 내 태도에 자존심이 상했는지, 엠페러는 내 말을 무시하고 마술 지팡이를 힘차게 휘두르며 외쳤다.

"문 크리스탈 파워, 메이크 매직!"

"푸훕! 그건 또 어디서 배운 거야?"

듣는 사람조차 부끄럽게 하는 주문이라니…….

설령 한번 외우기만 하면 무적이 된다고 한들… 차마 내 입으로는 할 수 없을 법한 주문을 당당하게 외치는 엠페러를 보면서 나는 웃음을 터뜨렸다. 본인도 부끄러운 주문이라는 것은 자각하는지, 흔들리는 눈동자로 마법 지팡이를 간절히 바라보던 엠페러가 돌연 화를 냈다.

"이, 이게 세트다, 주인! 이렇게 해야 마술이 되는 거다! 여기 이 책에도 나와 있다, 주인!"

엠페러는 마술 모자를 살 때 딸려온 초급 마술 교본의 책장을 펼쳐 내 앞에 '마술, 주문을 정하는 게 중요하다!' 라는 페이지의 예문을 보여주었다.

"그래, 그래. 문 크리스… 푸훕!"

"음, 여기 예시를 보면… 요롱뾰롱… 삐리빠삐리라라… 프리 파라… 도막사라무…….”

저 많은 주문 중에 왜 하필 문 크리스탈 파워였던 걸까… 모를 일이다. 듣기만 해도 왠지 짧은 교복 치마에, 반짝이로 모자이크한 여고생 누드 크로키 같은 게 생각나서 7세 이하 아동의 정서에 안 좋을 거 같은 주문인데.

‘도막사라무만 해도 얼마나 좋아? 왠지 막 바닥에 육망성도 그려질 거 같고, 막 거기서 로봇도 나올 거 같고 말이야.’

그렇게 세 보이는 주문을 놔두고 고른 것이 저런 것이라니. 나는 엠페러의 센스에 속으로 혀를 찼다.

엠페러는 분한 듯 다시 지팡이를 들어 올리며 큰 소리로 외쳤다. 나는 작게 고개를 저었다.

“돈데기리기리!”

‘저렇게 해서 될 거 같았으면 진작 됐지.’

절레절레.

어느새 새로운 주문을 크게 외치며 탁탁탁, 지팡이로 바닥을 때리는 엠페러의 모습은 어쩐지 만화의 한 장면을 보는 듯했지만… 그 결과만큼은 만화처럼 극적이지 못했다.

“거봐, 안 된다니까.”

“이익! 으이익!”

탁탁탁탁탁!

이제는 마구잡이로 바닥을 때리는 모습이 안쓰러워 보이기까지 했다. 하지만 어쨌건 실패한 것은 실패한 것, 나는 이번에야말로 나여주를 부를 생각으로 몸을 돌렸다.

하지만.

"주인, 이것 봐라! 됐다!"

"어, 얼레?"

파아아앗!

기쁨에 찬 엠페러의 목소리를 듣고 다시 고개를 돌리자마자 보인 것은, 지팡이 끝에서 터져 나오는 환한 불빛이었다.

어찌나 밝은지 눈이 시릴 정도라 당황했지만, 얻어걸린 게 분명한 이 마술의 결과를 너무나 환희에 찬 눈으로 보고 있는 엠페러의 모습에… 조금 전 의기소침해 있던 안쓰러운 모습이 떠올랐다.

어쩐지 조금 안타까운 마음에, 나는 이번엔 칭찬해 줄 생각으로 엠페러에게 다가갔다.

아니, 다가가려고 했다.

파아——!

"어, 어? 이거 너무 밝지 않냐?"

"주, 주인……. 어쨌든 성공이다. 빨리 그 너트를 끼워라, 주인."

눈이 시리다 못해 아파올 정도로 밝고 커다란 빛을 내뿜는 마법 지팡이를 내 눈앞에 들이미는 엠페러였다.

"악! 눈부셔! 야, 너 같으면 되겠냐? 빨리 저리 치워!"

얼굴 가까이 온 막대기를 밀어내며 말하는 사이, 저 멀리서 잠시 볼일을 보러 갔던 십장이 달려오며 외치는 소리가 들렸다.

"어이, 거기 무슨 일이야!"

"엇! 십장 온다! 빨리 숨겨!"

사실 이제와 숨기는 게 무슨 의미가 있겠냐만 십장의 등장에 당황한 내가 우왕좌왕하던 그때, 갑자기 빛이 사그라졌다.

"응?"

무슨 일인가 하고 뒤를 돌아보니, 엠페러가 조금 전의 장치가 있던 바닥 사이로 막대를 집어넣은 뒤 구멍을 틀어막듯 펑퍼짐한 엉덩이로 깔고 앉은 상태였다.

척—!

처억!

눈빛이 교차하고, 우리는 서로를 향해 엄지손가락을 치켜 올렸다.

그사이 헐레벌떡 뛰어온 십장이 우리에게 물었다.

"헉헉… 대체 무슨 일이야!"

"네? 무슨 일 있었나요?"

"아니, 방금 여기에서 밝은 빛이……!"

"예? 빛이요? 빛이라면 저런 거 말씀하시는 건가?"

천장에 달린 애꿎은 마법 등을 가리키며 시치미를 떼자, 십장은 그게 아니라는 듯 크게 고개를 저으며 말했다.

"아니, 분명 여기에서 엄청 커다란 빛이……!"

"하하, 십장님도 참. 잘못 보신 거겠죠. 여기 어디서 그런 빛이 나오겠습니까? 안 그래요?"

능청스러운 내 연기에 십장 역시 순간 긴가민가했는지, 살짝 고개를 갸웃거리더니 나에게 되물었다.

"정말 여기 빛 같은 거 안 나왔어?"

"그럼요. 아니, 생각을 해보십쇼. 여기 어디에 그런 빛이 나올 만한 곳이 있습니까?"

"그, 그런가?"

"그럼요."

씨익.

나는 다행히 설득된 듯 뒤통수를 긁적이며 멋쩍은 웃음을 짓는 그를 향해 믿음이 묻어나는 웃음을 유지했다. 완전히 넘어온 십장이 이내 내 어깨를 두드리며 말했다.

"그, 그래. 그럼 마저 열심히 해주게. 내가 위에는 특별히 잘 말해줄 테니까."

"하하, 아이고, 뭘 그러실 필요까지야."

굽실굽실.

비굴하게 웃어 보이며 허리를 숙이는 내 모습을 흡족하게 바라보던 십장이 돌아서고, 나와 엠페러가 동시에 한숨을 쉬며 이

마에 흐르는 땀을 닦은 그 순간.

십장이 문득 생각났다는 듯 돌아서며 물었다.

"아, 그러고 보니 자네 이름을 안 물어봤군. 나도 참… 그래 놓고 잘 말해준다니, 하하하!"

그때.

파―아앗!

엠페러의 엉덩이가 빛을 발하기 시작했다.

"어! 그래, 저거!"

빛나는 엠페러의 엉덩이… 아니, 정확히는 그 밑의 바닥을 보면서 어쩐지 기쁜 기색으로 소리치는 십장을 뒤로한 채, 나는 이 상황을 벗어날 모색하며 식은땀을 흘렸다.

그런데 문득 바닥이 기묘한 진동을 일으키고 있는 것이 느껴졌다.

드드드드…….

"어? 이거 뭔가……."

"응? 뭐지?"

이상을 느낀 것은 나뿐이 아닌 듯했다. 십장 역시 바닥에 손을 대고 고개를 갸웃거렸고, 이쪽의 변고를 감지한 것인지 멀리 있던 나여주와 벨라 역시 우리가 있는 곳을 향해 달려오기 시작했다.

그리고 그때.

부오오—

"얼레? 저거… 빛나면 안 되는 거 아닌가요?"

"으응? 뭐가?"

때마침 제단 쪽으로 시선을 향하던 나는 제단의 가장 중요한 구성 요소인 마법진이… 엠페러의 엉덩이만큼이나 밝은 빛을 발하며 붉게 달아오르고 있는 모습을 보았다. 동시에 십장 역시 내 시선을 따라 고개를 돌렸다.

"어… 어?"

순식간에 핏기가 가셔 창백해진 십장은 주춤주춤 마법진으로부터 물러나는가 싶더니, 이내 짧은 수인을 맺어 마법을 발동시키며 외쳤다.

"모두 피해라! 제단이 활성화됐다!"

그다지 크지 않은 목소리였음에도 아마 그런 마법을 쓴 것인지, 공간 전체에 그의 경고성이 울려 퍼졌다. 그것은 공사 현장을 아수라장으로 만들기에 충분했다.

"아, 안돼! 여기 있는 인원으론……!"

"제물이 될 수는 없어!"

"살려줘!"

던전의 다른 곳에 흩어져 있던 흑마법사들의 절규와도 같은 음성은 지금 상황의 위험성을 알리기라도 하듯, 멀리 떨어진 나에게도 똑똑히 들릴 만큼 컸다.

'제물?'

심해왕이라는 괴물을 소환하는 일이니만큼 공짜가 아닐 거라는 것 정도는 짐작하고 있었지만, 그 제물이 되는 존재에 대해서까지는 알 수가 없었다. 나는 지금의 혼란이 이해가 되지 않아 어리둥절했다.

"침착해라! 각 구역에 정해진 비상 탈출구로 이동하면 모두 살 수 있어!"

"A—9 구역 탈출구가 여기서 가장 가깝다!"

모두가 혼란에 빠진 와중에도 십장 흑마법사는 침착하게 인부들을 대피시켰고, 현장 군데군데 있던 현장 지휘자들도 십장 흑마법사와 마찬가지로 당황한 이들을 인솔하기 시작했다.

그러다 우리의 앞에도 통로가 나타났다.

철컹—!

'설마 이게 탈출구였을 줄이야!'

벌컥 열리며 나타난 바닥의 구멍은 일을 하며 몇 번 마주쳤던 커다란 수도관의 입구였다.

구멍을 통해 보이는 안쪽은 어둡고 칙칙했지만, 그 커다란 크기는 사람이 들어가기에 충분했다. 또한 배수를 위해 이 던전에 전체적으로 설치되어 있는 만큼, 많은 사람을 동시에 수용하기에도 충분한 모습이었다.

'물론 정상적인 통로라기보단 비상 탈출로일 테지만… 확실

히 효과가 좋네.'

곳곳에 설치된 것이니만큼 입구도 많은지, 북적북적하던 흑마법사들은 벌써 절반가량 탈출구로 자취를 감췄다. 하지만 여전히 공간 안에는 많은 이들이 있었다.

"뭐해! 빨리 들어가!"

"아… 예!"

멍하니 구멍을 관찰하고 있던 나는 옆에 있던 십장 흑마법사의 고함에 퍼뜩 정신을 차리고 움직이기 시작했다.

그러나 수도관 안으로 몸을 밀어 넣던 나는, 기다란 절규에 고개를 돌려야만 했다.

"주이이이이이인!"

"…저 멍청이가!"

아등바등!

그랬다.

커다란 엉덩이로 빛이 새어 나오던 구멍을 틀어막은 엠페러는… 어떻게든 틈새를 막을 생각으로 엉덩이를 최대한 구멍에 밀착시키다 그만 오도 가도 못하게 된 것이었다. 바닥에 엉덩이부터 꽂힌, 날개도 발도 땅에 닿지 않는 상태였다.

"주, 주인……."

파닥파닥!

아동바동!

균형이 잡히지 않은 상태에서 허공에 휘두르는 날개의 힘으로는 꽉 끼인 엉덩이를 뺄 수 없었다. 날개와 짧은 다리를 흔들며 나를 바라보는 엠페러의 애타는 눈동자를 보면서, 나는 결국 반쯤 집어넣었던 몸을 빼고 탈출구에서 나오는 수밖에 없었다.

"자네, 지금 뭐하는 건가!"

"잠시만요, 십장님! 빨리 가서 저 녀석만 데리고 오겠습니다!"

꾸욱—!

나를 급히 도로 탈출구로 밀어 넣는 십장의 눈에는 진중함과 다급함이 어려 있었다. 나는 애써 그 눈을 무시하고 몸을 비틀어 밖으로 빠져나왔다.

"멍청한! 소환수 따위는 다시 부활시키면 그만이잖나!"

"하지만… 그렇다고 죽게 둘 수는 없잖아요! 제 동료라고요!"

십장은 엠페러를 구하러 가는 나를 향해 한심하다는 듯 소리쳤지만, 이어진 내 말에는 입을 꾹 다문 채 나를 노려보기만 했다.

그러고는 이내 고개를 돌려 아직 탈출하지 못한 이들을 향해 외쳤다.

"빨리빨리 움직여라, 다 죽고 싶나! 여긴 이제 곧 수몰된다!"

'수몰? 수몰된다고?'

수몰로 인한 위험보다는 이렇게 거대한 공간을 채울 수 있는 물이 어디선가 나올 거라는 게 더 신기했다.

그도 그럴 것이 혹시 이곳은 지상이 아닐까 싶을 정도로 끝을 가늠할 수 없는 면적과, 하늘과 비견할 만한 천장을 지닌 거대한 공간이었으니 말이다.

"엠페러!"

"주, 주인!"

그렇게 딴 생각을 하는 와중에도 열심히 달려 엠페러 곁에 도착한 나는, 여전히 엉덩이가 구멍에 끼여 옴짝달싹 못하고 있는 엠페러의 양 날갯죽지를 잡고 힘껏 잡아당겼다.

"끄응…! 엠페러, 조금만 기다려! 내가 꼭 구해줄 테니까……!"

"주인……!"

이런 내 행동과 마음에 감격이라도 한 걸까. 엠페러가 흔들리는 눈동자로 나를 불렀다.

아마도 나에 대한 걱정에서 비롯된 것이리라. 나는 엠페러의 흔들리는 눈을 똑바로 보며 말했다.

"걱정 마, 괜찮을 거야! 너는 내 소중한 동료… 가족… 친구니까! 포기하지 않을 거야!"

힘 있는 어조로 말하는 내 목소리엔 다정함과 자신감이 묻어 있었다.

물론 정말로 자신이 있냐면… 사실 미지수긴 하지만.

그러나 위기에 빠진 이들을 상대할 때 가장 중요한 것은 구조 대상자가 혼란에 빠지지 않게끔 유도하는 것. 혼란에 빠진 이를 안심시켜 돌발 행동을 하지 못하게 하는 것이야말로 최우선이다.

"아니, 그게 아니라, 주인……."

하지만 이런 내 말에도 불안과 미련을 버리지 못한 듯, 엠페러는 이런 말을 해도 되나 하는 듯한 표정으로 망설이더니 조심스럽게 나에게 말했다.

"왜… 역소환을 안 하고 여기까지 왔나?"

"…어?"

그러게.

뿅!

엠페러의 물음에 속으로 대답을 하던 그 순간, 마침내 구멍에서 뽑혀 나온 엠페러를 보며 나는 잠시 멍한 표정을 지었다.

그런 나를 보며 엠페러가 쑥스러운 표정으로 말했다.

"뭐, 크흠… 주인이 나를 그렇게… 크흠, 여겨준다니 나도 싫지는 않지만… 흠흠……."

나는 뒷짐을 진 채 먼 산을 바라보고 있던 엠페러의 목덜미를 잡고… 집어 던졌다.

"악! 주인 아무리 쪽팔려도 그렇지!"

"멍청아! 빨랑 거기 들어가기나 해! 기껏 구해놨더니 헛소리나 하고……!"

"헛소리라니! 그럼 방금 한 말은 다 거짓말이었나?"

엠페러가 말하는 와중에도 바닥을 한 바퀴 굴러 탈출구 속에 몸을 쏙, 집어넣는 것을 확인한 뒤, 나는 그 물음에 대답하지 않고 일부러 고개를 돌렸다. 얼굴이 뜨거웠다.

그런데 이번엔 또 다른 문제가 눈에 들어왔다.

"으으… 으으윽!"

'산 넘어 산이라더니……!'

대체 무슨 일인 건지, 드레스와 트레이드 마크인 소라 머리가 망가지는 것도 모른 채 나여주가 바닥을 뒹굴고 있었다. 무언가에 목을 조이기라도 하는 듯, 창백한 얼굴을 한 채 괴로운 신음성을 내뱉으며.

"젠장! 이건 또 무슨 일이야……!"

무슨 일이건 간에 일단 구해야겠다는 생각으로 나여주를 향해 뛰어가려던 찰나, 다시 한 번 두터운 팔이 나를 잡아당겼다.

"안 돼!"

"십장님!"

"이번만큼은… 구할 수 없다."

"그게 무슨……."

괴로워하며 바닥을 뒹구는 나여주의 모습에 고개를 절레절레 흔들어 보인 십장은 간단히 원인을 설명했다.

"제단은… 주변 마법사들의 마력과 마나를 빨아들여 발동하도록 되어 있다. 그것도 가장 약한 마법사의 것부터 차례로 빨아들이도록 말이야."

그렇게 말하며 시선을 돌리는 십장을 따라 고개를 돌려 보니, 군데군데 나여주처럼 바닥에 쓰러져 괴로워하는 흑마법사들이 몇 보였다.

"하지만 그렇다고 해도……!"

"저 소환수 때랑은 경우가 달라! 미리 준비한 게 아니라면 마나를 모두 빨려 죽는다! 최상급 마나 포션이 100병이 있대도 살아날 방법이 없어!"

"그래도… 그래도……!"

절레절레.

무겁게 고개를 흔드는 십장의 모습에 인상을 찡그린 나는 이를 부득 물며 바닥을 뒹구는 나여주 옆에서 안절부절하고 있는 벨라를 향해 외쳤다.

"벨라! 일단 데리고 들어가!"

때마침 벨라와 나여주의 곁, 그리 멀지 않은 곳에 또 다른 탈출구의 입구가 있었다. 내 목소리를 들은 벨라는 즉시 바닥의 나여주를 들쳐 업었다.

"자, 빨리 들어가! 이젠 정말 위험해!"

"젠장……!"

나여주를 업고 탈출구를 향해 달려가는 벨라의 모습을 뒤로 한 채 결국 나 역시 탈출구로 몸을 돌릴 수밖에 없었다.

나는 재촉하는 십장과 함께 마침내 통로 속에 몸을 넣었다.

벨라와 나여주 역시 가까운 통로로 몸을 넣으려던 그 순간.

거대한 물줄기가 그들을 덮쳤다.

Chapter 7

찾아와

“이 미친 새끼야! 뭐하는 거야!”

“나는… 나는 살고 싶어!”

심해왕 바이달텐의 소환 의식에 필요한 대량의 물을 가두어 놓은 수문의 레버.

그것을 붙들고 있는 3클래스의 흑마법사 벤험은 자신을 뜯어 말리는 동료들의 저지에도 불구하고, 있는 힘껏 수문 개방 레버를 당기며 몇 번이고 외쳤다.

“살고 싶어! 살고 싶다고!”

수도관을 통해 미리 설치된 안전지대에 선 채 신전 공사장을 내려다보는 벤험의 두 눈엔 광기와 살고자 하는 욕망이 그득했다.

'흑마법사 따위… 되는 게 아니었는데!'

본래 그는 2클래스의 마법사로, 마법사로서의 수준도 낮고 배움이 짧아 아는 마법도 별로 없었다.

하지만 이곳 펠라로 윅스라는 대륙 최대의 휴양지를 가진 베이덤 왕국에서 태어난 그는, 출신지 덕에 몇 가지 알고 있는 물이나 얼음과 관련한 생활 보조 마법만으로도 꽤 남부럽지 않은 돈을 벌며 생활을 하고 있었다.

하나 어느 날 갑자기 나타난 거대한 폭풍은 그의 삶의 터전이던 펠라로 윅스를 모래 바다로 만들어 버렸다. 그를 비롯한 많은 마법사 동료들이 고향과 삶의 터전을 잃어버리고 왕국과 대륙 곳곳으로 흩어져 버렸다.

그러나 고작 2클래스의 실력을 가진 벤험은 그럴 수조차 없었다.

물론 개인적으로 모아둔 재산이 적지 않아, 원한다면 그의 동료들처럼 펠라로 윅스를 떠나는 것 자체는 어렵지 않았다. 하지만 이곳을 떠난다 한들 고작해야 2클래스에 불과한 마법사를 받아줄 만한 곳은 세상 어디에도 없었다.

더욱이 그렇다고 이제 와서 마법을 더 익히자니, 이미 편한 생활에 찌들어 굳을 대로 굳은 머리는 공부를 하기엔 이미 늦은 상태였다. 그는 이곳 펠라로 윅스에 집착하기 시작했다.

낮은 마법 실력으로나마 토박이라는 명목으로 조사대에도 몇 번이고 함께했고, 혹여 없어진 바닷물이 모두 지하로 숨어 버린 것은 아닐까 싶어 며칠간 땅을 파본 적도 있었다.

하지만 모든 일의 결과는 허탕.

마침내는 그간 모아둔 재산까지 사용해 각지의 명망 있는 지질, 기후 학자나 마법사를 초청하기까지 했지만… 결과는 재산을 탕진하고 길바닥에 나앉는 것이었다.

그러던 중 마주친 것이 바로 흑마법사 무리였다.

많은 돈을 주고 펠라로 윅스의 이상 현상을 연구할 사람을 구한다는 구인 광고에, 이들 심해왕과 그 휘하 마족들을 섬기는 흑마법사 무리가 이 멍청한 마법사를 꼬드겨 재산을 뜯어내러 온 것이다.

하지만 그들이 도착했을 무렵엔 이미 벤험은 알거지에 폐인이 되어 있었고, 이를 본 흑마법사들은 발길을 돌리고자 했다.

그런데 마침 그곳에 있던 고위 흑마법사 하나가 폐인이 된 벤험으로부터 흑마법사가 되기 위한 필수 조건인 지독한 집념을 느꼈다.

그는 벤험에게 흑마법사가 되기를 권유하였고, 벤험은 심해왕 휘하의 하급 마족과 계약하는 것으로 3클래스에 올라 이들 흑마법사 무리에 끼게 되었다.

중요한 것은 그렇게 어찌어찌 흑마법사가 된 덕에 폐인 생활에서 벗어나 공사장에서나마 일을 하게 되긴 했지만, 그가 흑마법에 심취했다든가 진심으로 심해왕을 섬긴다든가 해서는 아니란 것이다.

당시의 그에게 있어 흑마법사가 된 것은 살아남기 위한 어쩔 수 없는 선택일 뿐이었다. 애초에 마법사로서의 의지도 실낱같이 미약했기에, 흑마법에 심취할 이유도 없었다.

보통의 흑마법사들이 마신에 대한 광적인 믿음이나 자신이 도달할 수 없는 마법 경지에 대한 집념 속에 흑마법사가 되는 것을 생각하면, 벤험은 지극히 특이한 경우였다.

그를 흑마법사로 만들어 주었던 펠라로 윅스에 대한 집념도 흑마법사가 되며 찾아온 안정적인 생활 속에 사그라졌고, 그에게 남은 것이라곤 이대로 편안히 살아남고자 하는 생각뿐이었다.

그런데 갑작스럽게 벌어진 이상 현상이 그런 그의 평안을 깨버렸다.

그는 심해왕의 신전이나 다른 흑마법사의 목숨조차 눈에 들어오지 않을 만큼, 태어난 이래 처음으로 살겠다는 집념에 불타고 있었다.

"다른 놈들 따위 알 게 뭐야! 나는 살 거라고!"

"이 새끼!"

퍼억—!

하지만 그의 그런 광기 어린 행동도 오래갈 수는 없었다.

애당초 여기 모인 흑마법사들 중 최약체인 벤험이 이렇게까지 오래 버틸 수 있던 것도 정신 나간 광기 때문이었을 뿐. 의지만이 가득한 그로선 다른 흑마법사들이 주먹을 휘둘러 자신을 때리는 것에도 저항할 수 없었다.

"이 개새끼야! 누구 마음대로 수문을 열어!"

"내가 죽게 생겼는데… 알 게 뭐야!"

"뭐야? 이 새끼가 근데……!"

조금 전 얼굴을 맞은 충격으로 바닥에 주저앉은 채로도 또박또박 대꾸하는 벤험의 얼굴 위로, 다시 한 번 그를 때렸던 흑마법사의 주먹이 내리 꽂혔다.

하지만 이내 그것은 또 다른 흑마법사에 의해 멈춰졌다.

"제길! 이거 놓으십쇼! 저 새끼 때문에… 신전이! 신전이!"

"…이미 늦었다."

"그건 알지만……!"

주먹을 날린 흑마법사의 손목을 붙든 채 고개를 저은 또 다른 흑마법사가 말했다. 마법사다운 이지를 되찾으라는 말이었다.

"넌 마법사다. 잊지 마라."

"……."

그의 냉정한 눈을 보면서 흥분을 가라앉힌 흑마법사는 다시 냉정한 눈길이 되었다.

그러나 이를 부득 간 그는 그냥 두고 볼 수는 없다는 듯, 바닥에 쓰러진 벤험을 향해 싸늘하게 말했다.

"아이스 볼트."

퍼—걱!

마법에 무방비로 노출된 벤험의 머리가 부지불식간에 산산조각 나 주변으로 흩어졌다.

이를 바라보던 몇몇이 이에 눈살을 찌푸렸지만, 이내 로브에 붙은 살점 따위를 털어내곤 신경을 껐다.

단숨에 벤험의 머리를 날려 버린 흑마법사는 이내 그에게 냉정을 되찾아준 선임 흑마법사를 향해 고개를 숙이며 말했다.

"감사합니다."

"알면 됐다."

그렇게 말하는 두 사람의 입가엔 데칼코마니마냥 똑같은 미소가 걸려 있었다.

약자를 도태시키고, 짓밟는다. 그 시체를 쌓아 자신의 이상을 향한 계단을 만드는 것… 그것이 흑마법사의 정의.

각자의 신념에 미친 그들이었기에… 그들은 대륙이 혐오하는 흑마법사일 수 있는 것이었다.

"자, 그럼 밖을 보자고. 우리가 눈에 담아야 할 것들이 잔뜩 있으니."

남은 생존자들의 시선은 비뚤어진 집념에 의해 희생양이 된, 마력이 빨려 죽어가고 있는 이들을 향했다.

하나 한때의 동료들을 보는 그들의 눈에 연민 같은 것은 존재하지 않았다.

벤험을 죽인 흑마법사에게도 그런 것은 전혀 없었다. 그저 발동하기 시작한 제단에 짙은 호기심을 보일 뿐.

드드드드—

마침내 변화를 보이는 제단의 모습에 모두의 입가에 마찬가지로 데칼코마니로 찍어낸 듯 만족스러운 미소가 감돌았다.

그들에게 있어… 바깥에 있는 이들의 생사는 처음부터 알 바가 아니었다.

◈ ◈ ◈

"멍청한! 마법사라면 냉정을 찾아라!"

물살에 휩쓸려 가는 벨라와 나여주를 본 즉시 몸을 일으킨 나를 붙잡으며 십장이 외쳤다.

"누가 마법사래? 나 마법사 아니니까 찾으러 갈 거야!"

부웅!

"으허억!"

십장 흑마법사는 1천 포인트가 넘는 엄청난 근력에 한차례 허공을 날았다. 정신을 차렸을 때는 이미 탈출 통로에 도착해 있었다. 그가 날아 들어온 입구는 온 힘을 다해 문을 미는 나의 괴력에 의해 듣기 싫은 소리를 내며 빠르게 틈을 좁혀가고 있었다.

끼긱— 끼기긱!

"이봐! 지금이라도 들어오면 살 수 있어!"

"…친구 버리고는 못 간다니까!"

끼긱… 쿵!

아까의 부끄러움은 이미 잊힌 지 오래다.

문이 닫히기 직전, 그 틈새로 이젠 술술 나오기 시작한 친구라는 말을 다시금 주워섬긴 나는 머릿속으로 떠오르는 나여주에 대해 잠시 고민해야 했다.

'…좀 애매하지만 까짓것, 친구하지 뭐!'

떡 본 김에 제사 지낸다고, 겸사겸사 나여주까지 친구 목록에 넣어버리긴 했지만 어쩐지 거부감은 적었다.

'선심 써서 친구해 준다.'

그러면서 나여주 본인이 들었다면 경기를 일으켰을지도 모를 소리를 속으로 내뱉었다.

제단의 효과인지 조금 전 벨라와 나여주를 집어삼킨 거센 물결은 이곳에만 닿으면 잔잔한 물결로 변하고 있었다. 뿐만 아니라 제단의 일정 범위 내로 접근하지 못하는 듯했다.

그것을 확인한 나는 재빨리 엠페러를 불렀다.

"엠페러!"

"왜 부르나, 주인!"

내가 출구에서 몸을 뺐을 때, 동시에 같이 빠져나온 엠페러는 거세게 파도치는 엄청난 양의 물줄기들을 보면서 긴장한 표정을 지었다.

나는 그 속에서 아직도 이리저리 떠다니고 있는 두 여자를 정확히 가리키며 말했다.

"…여기로 데리고 오는 거야."

끄덕!

"알겠다, 주인!"

힘차게 대답한 엠페러는 조금 긴장된 눈으로 물을 보는가 싶더니, 이내 짧은 다리로 뒤뚱뒤뚱 걸어 물살에 몸을 맡겼다.

촤아아아악—!

펭귄의 왕답게 폭풍우치는 바다를 연상케 하는 물속에서도 빠르게 나여주와 벨라를 향해 헤엄쳐 나가는 엠페러의 모습이 보였다.

나는 밖에서 그것을 지켜보며, 그들이 돌아왔을 때를 대비해 머릿속으로 시뮬레이션을 했다.

'나여주 쪽은 의식이 없어 보이니 CPR, 벨라는 우선 상태를 봐야겠군.'

벨라 쪽은 물에 휩쓸리기 전까진 정신이 있었다.

그러나 확인하긴 했지만 갑작스레 거센 물에 휩쓸린데다, 지금 물속에는 같이 휩쓸린 각종 건축 자재며 연장들이 돌아다니고 있었기에… 재수가 없다면 그런 것에 부딪혀 크게 다쳤을 가능성이 있었다.

'벨라가 수영을 할 수 있다면 좋겠지만…….'

엠페러가 시속 수십 킬로미터의 속도로 헤엄을 치는 펭귄이라지만, 제 몸보다 큰 여자 둘을 끌고도 제 속도를 내기는 힘들 터.

벨라가 의식이 있어 같이 헤엄쳐 올 수 있다면 좋겠지만, 평생을 숲에서 살아온 벨라가 수영을 할 줄 알 가능성은 아무리 희망적으로 생각해도 적어 보였다.

'혹시 모르니 부목이 될 만한 것도 찾아봐야겠군.'

의식을 잃은 상태로 물에 휩쓸려 떠다니는 중이라면 자재 따위에 부딪혔을 가능성도 높다.

나는 미리미리 부목이나 붕대 따위를 준비하기 위해 그간 인벤토리에 쌓아뒀던 다양한 아이템들을 꺼내 들었다.

〔금모원왕의 다리 뼈〕
〔지하악왕의 가죽 조각〕

어딘가의 재료가 될 것이라는 생각에, 그리고 그 가치를 모르는 탓에 그냥 인벤토리에 묵혀놓고 있던 금모원왕과 지하악왕의 부산물들은 그 질기고 튼튼한 특성 덕분에 좋은 부목의 재료가 될 수 있었다.

"이걸 이렇게 써먹을 줄은 몰랐는걸."

나는 질기고 튼튼한 지하악왕의 가죽을 금빛 엄니로 길게 잘라내는 것으로 붕대 대용품을 만들며, 곧 도착할 벨라와 나여주를 위해 만반의 태세를 갖추고 대기하고 있었다.

그러곤 잠시 뒤.

마침내 제단을 감싼 수벽을 뚫고 엠페러와 나여주, 그리고 벨라가 모습을 드러냈다.

"주인, 나 돌아왔다!"

"고생했어!"

무지막지한 체력을 가지고 있는 엠페러였지만 스탯들이 봉인된 상태에서 방해물로 가득한 물속 구조 활동을 펼치는 것은 역시 힘든 듯했다.

기진맥진한 기색이 역력한 엠페러의 모습에 적당히 어깨를 두드려 준 나는 재빨리 한껏 늘어져 있는 두 여자들의 상태를 살폈다.

'다행히 나여주 쪽은 외상은 없어 보이는데… 벨라 쪽이 좀 심각하군.'

팔다리는 물론이고, 등이며 머리에까지 부은 상처와 찢어진 상처들이 있었다. 아마도 벨라가 물속에서조차 나여주를 지킬 생각으로 몸으로 감싸 안은 듯싶었다.

"주인, 어떡하면 좋냐! 엘프 죽는다!"

"잠깐 기다려 봐. 벨라는… 다행히 그대로만 두면 당장 위험하지는 않아."

밖으로 보이는 상처가 굉장히 심해 보일 뿐 아니라 실제로도 많이 다치긴 했지만, 엘프의 신체 능력 탓인지 호흡이 좀 거칠 뿐, 물속에 오래 있었음에도 계속 숨을 쉬고 있었다.

하지만 문제는 나여주였다.

'숨을 안 쉬어……!'

마치 잠자는 숲속의 공주처럼 평온한 모습으로 미동조차 않는 그녀의 모습은 말로표현하기 힘든, 마력에 가까운 매력을 뽐내고 있었지만 그에 신경 쓸 겨를이 없었다.

벨라에게 업힐 적부터 의식을 잃어가던 상태였던 만큼 어느 정도 짐작하고는 있었지만, 막상 숨이 멎은 그녀의 모습을 보니 당혹스럽기 그지없었다.

미리 머릿속으로 시뮬레이션했던 CPR 역시 막상 실전에서 펼치려니, 한 사람의 목숨이 내 손에 달렸다는 생각에 절로 손이 떨려오고 불안함에 심장이 쿵쾅쿵쾅 뛰었다. 움직이지 않는 나여주를 만지는 내 손은 어색하기 짝이 없었다.

하지만 나는 이를 꾹 물었다.

"젠장, 포기할까 보냐?"

짜악—!

하지만 처음부터 살리길 포기했다면 모를까, 살릴 생각으로 준비까지 하고 있던 중에 당황해서 기회를 놓친다는 것은 말도 안 되는 일이다.

나는 떨리던 두 손으로 볼과 손이 얼얼할 만큼 세게 뺨을 때리는 것으로 정신을 차렸다. 그러고는 다시 한 번 나여주의 몸에 손을 가져갔다.

〔새로운 스킬 '루틴' …….〕

"시끄러워!"

때마침 머릿속에 울려 퍼지는 시스템 음성을 단숨에 차단한 나는 진중한 자세로 다시금 나여주를 반듯하게 눕혔다.

그리고 이내 내가 해야 할 것들을 떠올렸다.

'의식이 없고, 호흡도 없어, 심박은… 느껴지지 않아. 곧바로 심폐 소생술!'

게임인 탓인지, 아니면 정말로 심장이 멈춘 것인지 알 수 없었지만 심정지에 무호흡 상태이니 해야 할 일은 정해져 있었다.

"끄응, 더럽게 무겁네."

물론 힘만으로 따지면 그다지 어려울 것 없지만, 혹시나 모를 위험에 대비해 조심조심 늘어진 몸을 움직이려니 생각처럼 쉽사리 옮길 수가 없었다.

그나마 뺨을 한 대 치고 나서는 긴장이 풀려 배운 대로 침착하게 움직일 수 있었다. 적극적으로 움직이기 시작하자 CPR 순서가 하나씩 생각나고, 조금씩 손이 빨라졌다.

'일단은 흉부 압박부터……!'

가슴의 정중앙, 흉골 아래에 손을 넣자 깍지 낀 손을 통해 물클한 감촉이 전해졌다. 그 형언할 수 없는 부드러움에 넋이 나가려는 찰나, 사람의 몸이라곤 생각되지 않는 싸늘한 온도가 헛된 생각을 하던 내 정신을 일깨웠다.

"하나, 둘, 셋, 넷……."

쭉 뻗은 팔로 일정하게 빠른 박자로 가슴을 압박하자, 나여주의 몸이 금방이라도 숨을 내쉴 듯 크게 흔들렸다.

그러나 가슴 사이를 깊게 파고 들어갔다가 나오는 과정을 서른 번 반복한 뒤에도 별다른 차도는 없었다.

'여전히 심박은 없고, 호흡도 없어……. 역시 어설픈 걸까?'

분명 배운 대로 했건만 아무런 차도가 없자, 나 스스로에 대한 의심이 치솟았다.

애당초 배우기만 했을 뿐 처음 해본 것이 잘될 리 없다. 이런 하찮은 재주로 자신감을 가졌던 것이 만용처럼 느껴져, 어쩐지 스스로가 부끄러워졌다.

하지만 그 순간.

"…됐다!"

마치 내가 의기소침해 있는 것을 원치 않는다는 듯, 심박을 확인할 생각으로 가슴과 목에 대고 있던 손을 통해 미세한 심장의 움직임이 전해졌다.

망설이거나 좌절할 시간은 없었다. 이제는 죽이 되든 밥이 되든 최선을 다할 때였다.

'고개를 젖혀 기도를 확보하고… 아래턱이랑 코를 쥐고…….'

작은 아래턱을 당기자, 창백하게 식은 나여주의 입술이 벌어지며 그 안의 하얗고 붉은 입안을 드러냈다. 그 모습은 가히 치명적이라 할 만큼 아찔한 매력을 뽐내고 있었다. 하지만 이미 인공호흡 과정에 집중하기 시작한 내 눈에는 들어오지 않았다.

후으으읍.

숨을 깊게 들이쉬고.

후우우욱―!

환자의 입에 깊게 내쉰다.

후으으읍.

후우우욱―!

연달아 두 번.

'아직 호흡은 안 돌아왔나?'

결과를 살피기 위해 입가에 귀를 기울여 봤지만, 아무런 소리도 나지 않을뿐더러 가슴의 기복 역시 없었다.

다시 서른 번의 흉부 압박.

후읍. 후욱!

다시 두 번.

세 번째가 되어 다시 한 번 나여주의 가슴팍을 열 번 정도 압박했을 무렵, 목울대가 움직이며 나여주의 입에서 물이 흘러나왔다.

꿀럭꿀럭.

정신을 차린 것은 아닌 듯, 기침도 없이 물만 흘러나오는 모습은 일견 기괴해 보였다.

나는 침착하게 그녀의 고개를 틀어 입안에 잔여물이 남지 않도록 충분히 물을 흘려보냈다. 어쨌든 확실하게 호흡은 돌아왔음을 확인할 수 있었다.

"휴우."

쌔액— 쌔액—

…조금 날카로운 호흡 소리가 거슬리긴 하지만, 당장 숨도 못 쉬던 것에 비하면야 지금은 걱정할 필요도 없으리라.

안심한 나는 이마의 식은땀을 닦았다. 그러다 문득 손에 느껴진 감촉에 흠칫 놀라 팔을 뺐다.

몰캉.

"헉!"

아무 생각 없이 버릇처럼 흉부 쪽으로 한 팔을 가져가고 만 것이다.

비록 손끝에 불과했지만 찰나지간 닿은 부드러운 감촉은…
물론 지금껏 흉부 압박을 하는 내내 느껴온 것이긴 했지만… 긴장이 풀린 탓인지 확연히 다른 감각을 전해 주었다.

하나 그것도 잠시, 이내 내 당혹스러움을 단숨에 날려 버리는 시스템 창이 눈앞에 나타났다.

〔새로운 스킬 '소매치기'를 습득하셨습니다.〕

'으응? 소매치기?'

왜 뜬금없이 이런 스킬이 생겨났는가 고민하던 찰나, 내 눈앞에 또 다른 창이 나타났다.

띠링—!

〔대상의 소지품 목록〕

500골드 묶음 x 300

최상급 퍼펙트 회복 포션 x 10

로열 임팩트 이어링 x 2

바람의 완드

……

'이거, 이 녀석의 인벤토리인가?'

아이콘과 함께 떠오른 다양한 포션들과 여러 종류의 장비품들, 그리고 무엇보다 500골드 단위로 묶여 있는 수백 개의 돈뭉치가 이것이 누구의 인벤토리인지를 알려 주었다.

'설마 조금 전에 품에 손이 들어간 게 소매치기로 판정이 된 건가?'

딱히 가지고 나온 것도 없는데 소매치기 판정이라니 이상하다 싶었지만, 어쨌거나 기왕 생긴 스킬을 굳이 마다할 필요도 없다.

언젠가 써먹겠지 하며 적당히 시스템 창을 없애 버리려던 그때, 나는 문득 떠오른 생각에 나여주의 인벤토리 창을 다시 활성화시켰다.

'최상급 퍼펙트 포션? 이거 완전 치유 포션이잖아.'

리버스 라이프에서 포션은 그 효과와 사용처에 따라 가격이 천차만별에 희귀도도 달라진다. 그럼에도 절대 불변, 가장 고가의 가격과 최상의 레어함을 자랑하는 포션이 있었으니.

저주와 같은 마법계 피해를 제외하면 외상은 물론 소모된 체력까지 완벽하게 회복시킨다는 최상급 퍼펙트 포션이 바로 그것이었다.

이 포션만 있으면 사실상 죽어가는 사람도 살릴 수 있었다. 그리고 그런 엄청난 효과만큼이나 만들기도 어려운 탓에 이것을 생산하는 신전에서는 생산 수의 제한은 물론, 아주 까다로운 조건을 두고 판매하고 있었다. 때문에 시중에서 구하고자 한다면 천문학적인 프리미엄 금액이 붙는 초희귀 포션이었다.

그런데…….

'그런 포션이 열 개나 있다고?'

대체 이 여자의 재력은 어디까지란 말인가.

이미 인벤토리에 가득 쌓인 500골드 묶음 300개만으로도 눈이 돌아갈 지경인데, 보통의 방법으로는 구할 수조차 없는 물건을 이렇게 잔뜩 들고 다니다니, 경탄이 나올 지경이었다.

'나는 저번에 케이안에서 저 포션을 사러 갔다가 얼굴만 팔리고 나왔는데……!'

그때까지만 해도 포션 같은 물건에 대해 일자무식이던 나는 그 덕에 포션이 이 게임에서 갖는 가치를 알게 되었다. 그리고 게임 개발 당시 각종 몬스터를 상대하면서 물처럼 퍼마시던 그 포션이 얼마나 비싼 물건인지도…….

'그때 그것만 몇 개 챙겨뒀어도 학교까지 가는 불상사가 생기지는 않았을 텐데……!'

물론 정식 서비스 이후 접속한 내가 속옷 바람이었던 것을 생각하면 챙겨뒀다 한들 포션이 남아 있었을 가능성은 적지만… 그래도 아쉬운 것은 아쉬운 것이었다.

'그나저나 이렇게 많은데… 한 개 정도는… 괜찮지 않을까?'

물론 그 한 개로 인해 두 자릿수가 한 자릿수로 바뀌는 만큼 티가 안 날래야 안 날 수가 없겠지만… 그래도 명색이 생명의 은인 아닌가.

"그래, 나 생명의 은인이잖아? 이 정도는… 써도 돼! 까짓것 죽을까 봐 본인한테 먹였다고 하지, 뭐."

그렇게 생각하며 과감하게 다시 나여주의 품속에 손을 집어넣은 나는, 손끝에 느껴지는 기묘한 감촉을 애써 무시하며 눈앞에 나타난 아이콘에 아이컨택하는 것으로, 그 자그만 옷의 틈새로부터 주먹만 한 포션 병을 꺼내드는 아슬아슬한 마술을 펼쳐 보였다.

"오오! 주인, 대단하다! 나도 나중에 가르쳐 줘라!"

짝짝짝짝!

내가 나여주에게 심폐소생술을 할 동안, 뼈가 상한 벨라의 몸에 부목을 대고 있던 엠페러는 아마 쭉 내가 하는 꼴을 부러운 눈으로 구경하고 있었던 모양이다. 가슴팍에서 포션 병이 쑥 튀어나오자 물개 박수, 아니, 펭귄 박수를 쳤다.

스킬로 물건을 훔친 것에 불과하건만… 어쩐지 환호가 있으니 뿌듯한 기분에 나는 슬쩍 미소를 지었다. 그런데 평소에 가슴 사이에서 온갖 물건을 넣었다 뺐다 하는 엠페러에게 칭찬 들을 만한 일은 아니지 않나? 올라가던 입꼬리가 다시 내려왔다.

어쨌든 나는 급히 포션의 사용을 위해 벨라를 찾았다.

"…야."

"왜, 왜 그러는가, 주인?"

조금 미묘한 침묵 끝에 이어진 부름이었기 때문일까? 이상한 분위기를 느낀 엠페러가 흠칫 놀라며 되물었다.

"저게… 벨라냐?"

"…아까까진 엘프가 맞았다, 주인."

쉬익— 쉭—

대체 내가 부목 대용으로 사용하라고 준 뼈와 붕대들을 어떻게 사용하였기에… 이미 다 죽어서 염까지 끝낸 미라 한 구가 내 앞에 있는 거지?

'그래도 숨은 쉬네.'

엠페러 본인도 만들어놓고 뭔가 이상하다 싶긴 했는지, 벨라의 입이 있을 법한 곳에 가느다란 대롱이 물려져 있었다. 벨라는 이것을 통해 숨을 쉬는 듯 대롱이 간간이 흔들렸다.

"주, 주인! 이것 봐라! 엄청 재밌는 게 있다!"

미라를 바라보는 내 시선이 심상치 않음을 눈치챘는지, 엠페러가 오버하며 벨라… 아니, 이제 미라가 된 그녀의 옆에서 이른바 재미난 것을 하기 시작했다.

"자, 잘 봐라, 주인!"

쉬익— 쉭—

꽁꽁 묶인 채 입에 꽂힌 대롱 하나에 의존하여 숨을 쉬고 있는 불쌍한 미라. 그 머리 위에 자리를 잡은 엠페러는 뜨거운 김이 올라오는 대롱을 가만히 쳐다보다가, 슬쩍 날개 끝으로 구멍을 덮었다.

텁.

"……."

"……."

"……."

그러고는 아무 일도 없었다.

"어? 분명 조금 전에는 팔딱팔딱 물고기처럼… 억!"

따—악!

"죽일 셈이냐?"

힘이 1천이나 오른 상태라 그런 것일까. 나는 고통에 몸부림치는 엠페러를 뒤로하고 대롱조차 움직이지 않게 된 벨라를 재빨리 구출했다.

얼굴을 가린 가죽 붕대를 최대한 푼 뒤, 숨을 쉬지 않는 벨라의 입가에 포션을 조심스럽게 흘려 넣었다.

잠시 뒤.

"케헥! 쿠울럭!"

"정신이 들어?"

"헉헉… 여긴 어디지? 방금… 분명 새까만 날개를 가진 천사가 내 입을 틀어막고 천국으로 납치하는 장면을 본 거 같은데……."

아직 제정신이 아닌 듯 주변을 살피며 횡설수설하는 벨라에게… 차마 그것이 천사가 아니라 악마라는 것을 알리지 못한 나는, 문득 떠오른 사실에 고개를 돌렸다.

'이거… 반 죽은 애도 살리는 포션이잖아. 그럼 쟤도 깨어나게 할 수 있는 거 아니야?'

기껏 심폐 소생술로 숨을 붙여놨건만 아직까지 드러누워 미동도 하지 않는 나여주.

나는 조금 전 숨이 멎었던 벨라가 깨어난 것을 떠올리며, 예의 나여주의 품속으로 다시 손을 집어넣었다.

"끼야아악! 변태! 변태야!"

"주인! 나도!"

"시끄러, 이 바보들아!"

헛소리를 해 대는 둘을 무시하고, 나는 벨라의 외침에 반사적으로 빼냈던 손을 다시 한 번 나여주의 품에 집어넣었다.

그러고 나서 곧바로 포션을 꺼내든 나는 벨라에게 했던 것처럼 그녀의 입을 열고 천천히 포션을 흘려 넣었다.

그러자 날카롭고 거칠던 숨소리가 점차 안정을 찾는 게 느껴졌다.

색— 색—

"어라, 깨어나진 않는 건가?"

잠든 듯 평안한 표정이 된 나여주는 분명 치료가 됐음에도 깨어나질 못하고 있었다. 나는 고개를 갸웃거렸다.

그때, 여전히 몸에 감긴 붕대와 씨름을 하던 벨라가 지나가듯 말했다.

"그거, 마력 고갈 아니야? 아까 마나가 빨려 나간다고 하지 않았어?"

벨라의 그 말을 듣고야 떠오른 것은 탈출구 바로 앞에서 십장 흑마법사가 했던 말이었다.

"미리 준비한 게 아니라면 마나를 모두 빨려 죽는다!"

'마나를 빨려 죽는다라…….'

그치만 분명 아까의 나여주는… 금방이라도 죽을 듯 평소라면 있을 수 없는 모습으로 괴로워했지만… 결과적으론…….

'안 죽었잖아?'

단순히 NPC와 유저의 차이인지, 아니면 어떤 특별한 이유가 있는지 몰라도 분명 죽는다는 십장 흑마법사의 말과 달리 나여주는 정신을 차리지 못하고 있을 뿐, 여전히 잘 살아 있다.

'나여주 개인의 문제일 수도 있겠지만… 만일 그게 아니라면?'

물론 그 외의 요인이 될 수 있는 것은 수도 없이 많다. 게임 속 세계인 이곳에서 내가 알지 못하는 어떤 특별한 기능이 있을지 모르니 확언을 할 수는 없었지만, 꽤나 가능성이 높은 것이 하나 있었다.

'나여주가 문제가 아니라면… 저게 문제겠지.'

나는 어느 순간인가부터 빛이 흘러나오지 않게 된 제단의 마법진을 보며 두 눈을 가늘게 떴다.

분명 모두가 대피하고, 마나를 빼앗기는 피해자가 있을 때만 해도 섬뜩한 붉은 빛을 흘리던 마법진은 어째선지 주변이 물로 뒤덮인 상태가 되니 아무런 반응이 없었다.

'물에 무언가 특별한 효과가 있는 걸까?'

그런 생각도 해봤지만, 그렇다기엔 이 물은 아주 평범했다.

물론 그냥 물이 아닌 아주 짠 맛이 강한 해수였지만…….

'응? 해수?'

나는 문득 끝도 없이 이어질 것 같은 이 거대한 공간의 천장까지 차오른 바닷물을 보며, 이 대량의 바닷물의 출처를 짐작할 수 있었다.

"이런 데 쓰기 위해 가지고 갔던 건가? 그럼 굴라쿠 녀석이 예상한 게 맞았잖아."

갑자기 나타난 괴현상에 의해 사라져 버린 바다.

머맨 전사 굴라쿠는 그것이 흑마법사들의 소행이라고 생각하고 있었다.

퀘스트를 진행해 이 심해왕의 신전이란 던전에 오니 흑마법사들이 잔뜩 모여 심해왕을 소환할 준비를 하고 있었고, 누가 봐도 심해왕에게 어울릴 법한 해수가 무지막지하게 준비되어 있으니… 깊은 고민도 필요 없다.

"그렇다면 해수는 심해왕에게 이로운 효과를 주는 것일 테니… 해수로 인해 제단에 이상이 생긴 것은 아닌 것 같은데……?"

모처럼 찾은 퀘스트의 단서와 이곳 제단의 이상에 대해 내가 고민하던 그때.

불쑥 내 뒤쪽으로부터 목소리가 들려왔다.

"해수다."

"…어?"

분명 탈출구에 들어가지 않았던가?

어떻게 된 일인지 내 뒤에서 나타난 십장 흑마법사는 한 글자로 끝난 내 질문에 답하기 보단, 지금껏 내가 고민하고 있던 것에 대한 답을 주었다.

"본래 심해왕의 소환 조건은 3클래스 이상 흑마법사 100명분의 마력과, 자연과 맞닿은 신체를 구성하기 위한 대량의 해수가 차례대로 투입되어야 한다. 하지만… 어떤 멍청이가 제가 살고 싶은 마음에 물을 뿌려서 소환이 중단된 것이다."

"소환이 중단?"

선뜻 이해가 가지 않는 말이었다.

흑마법사의 마력이야 모자랐겠지만, 어쨌거나 그의 신체를 구성하는 해수인데 어째서 그것이 그의 소환을 중단했다는 것일까.

그리고 이런 내 궁금증을 알아차린 것인지, 여전히 정신을 차리지 못하는 나여주를 내려다보며 십장 흑마법사가 설명했다.

"본래 심해왕의 몸은 거대한 흑마력과 해수로 이루어져 있어, 흑마력은 혼이 되고 해수는 육체가 된다. 그런데 혼이 미처 크기도 전에 작은 혼으론 절대로 감당 못할 만한 거대한 육체가 생겨 버렸으니… 그것을 한데 뭉쳐 유지하고 있는 것만으로도 이미 그 작은 혼은 최선을 다하고 있는 상태지."

"설마……."

나는 문득 고개를 들어 물이 전혀 들어오지 않는 제단과 그 주변을 뒤덮은 거대한 수벽, 마지막으로 끝이 보이지 않는 천장을 올려다봤다.

"그래… 이곳이 심해왕의 몸속이다."

"그것참… 몬스터 뱃속 여행 한 번 다양하게 하네."

중얼.

최근 들어 자주 보게 된다, 몬스터의 뱃속 모습.

슬쩍 눈살을 찌푸리며 중얼거렸지만, 이런 내 중얼거림은 듣지 못한 듯 십장 흑마법사가 말했다.

"그나저나 용케도 이들을 구했군."

나여주와 벨라를 번갈아 보며 말하는 십장 흑마법사의 눈에는 작은 경탄이 어려 있었다.

"내가 고생 좀 했지."

"이 몸이 고생 좀 했지."

삭—

마치 짠 것처럼 나와 동시에 대답하는 엠페러의 목소리에, 나는 고개를 돌려 게슴츠레한 눈으로 엠페러를 노려보았다. 엠페러 역시 지지 않겠다는 듯 가늘게 뜬 눈을 마주하는 것으로 대항했다.

이런 우리 둘의 모습을 보던 십장 흑마법사는 웃음을 터뜨렸다.

"하하하! 그래… 과연! 구하러 가지 않을 수가 없었겠어! 아하하하!"

뭐가 그리도 재밌는지, 나와 엠페러의 눈총을 받으면서도 신나게 웃던 그는 한참 후에야 우리의 시선을 눈치챈 듯 쓴웃음을 지으며 말을 돌렸다.

"그래, 기분이 꽤 유쾌하니 조금 더 알려주지. 이 친구, 이대로는 못 깨어나."

웃는 낯으로 단호하게 말하는 십장 흑마법사의 얼굴은 밝았으나, 그의 말은 좋은 소식과는 거리가 멀었다.

"그걸 어떻게……!"

기껏 살려놓은 나여주를 보며 깨어나지 못한다고 확언하는 그를 향해 소리친 나였지만, 이내 다시 한 번 씩 웃어 보인 십장 흑마법사가 우릴 향해 말했다.

"다 아는 수가 있지. 내가 말했잖나, 이래 봬도 십장 경력이 꽤 오래됐다고. 그쯤 되면 이래저래 주워듣는 게 많기 마련이지."

"하지만……."

본인이 섬기는 존재의 소환과 관련한 중요한 정보를 고작 공사장 십장 직책을 지닌 흑마법사가 알고 있다? 게다가 그런 중요할 법한 정보를 아무렇지 않게 풀어놓는다? 수상하기 짝이 없었다.

하지만 그렇다고 한들 그를 추궁하고 싶은 마음은 들지 않았다.

어째선지 모르겠지만, 그가 분명 진실을 말하고 있음을 직감적으로 깨달았기 때문이었다.

"그렇다면… 어떻게 하면 되죠?"

나는 이 십장 흑마법사가 이번 일의 성패를 결정짓는 중요한 열쇠가 되리란 것을 느끼며 그에게 진중하게 물었다. 그는 예의 웃는 낯으로 말했다.

"…마계라고 들어봤나?"

촤아아아악!

그렇게 말하는 그의 등 뒤, 제단 위로 거대한 무언가가 솟구쳐 올랐다.

마치 송곳처럼 하늘을 찌를 듯 길게, 그리고 날카롭게 솟구친 그것은 이내 마치 눈꺼풀이 열리는 것처럼 가운데에서부터 쩍,

갈라졌다.

그러고는 이내 그 틈새에서 기괴한 귀곡성이 흘러나오기 시작했다.

키기기긱—!

키히힉! 키힉 끼히히힉!

끼라라락!

틈새를 뒤로한 채, 십장 흑마법사가 미소 지었다.

이번에는 좀 전과 달리 지극히 섬뜩한 미소였다.

"친구를 찾고 싶나?"

"……."

"찾아와."

쩌어어억—!

여태까지 보아온 괴물의 아가리들을 모두 합쳐놓은 것처럼… 붉고, 검고, 날카롭고, 뾰족하고, 흉측하고, 더럽고, 추한… 마치 이 세상의 모든 부정을 모아놓은 듯한 입구가, 우릴 향해 길게 아가리를 벌렸다.

〈『멋대로 라이프』 제5권에서 계속〉

www.bbulmedia.com

www.bbulmedia.com